D1830160

जलता हुआ गुलाब

[पंजाब की ज्वलंत समस्या पर
आधारित महत्वपूर्ण उपन्यास]

जलता हुआ गुलाब

तरसेम गुजराल

वाणी प्रकाशन

वाणी प्रकाशन
4695, 21-ए, दरियागंज, नयी दिल्ली 110 002
फ़ोन : +91 11 23273167 फ़ैक्स : +91 11 23275710
शाखाएँ
अशोक राजपथ, पटना 800 004, बिहार
कॉफ़ी हाउस कैम्पस, महात्मा गांधी मार्ग, इलाहाबाद 211 001, उत्तर प्रदेश
महात्मा गांधी अन्तरराष्ट्रीय हिन्दी विश्वविद्यालय, वर्धा 442 001, महाराष्ट्र
www.vaniprakashan.in
marketing@vaniprakashan.in
sales@vaniprakashan.in

JALTA HUAA GULAB
by Tarsem Gujral

ISBN : 978-93-5229-389-6
Novel

© लेखकाधीन

प्रथम संस्करण 2002
आवृत्ति 2019

मूल्य : ₹ 300

इस पुस्तक के किसी भी अंश को किसी भी माध्यम में प्रयोग करने के लिए प्रकाशक से लिखित अनुमति लेना अनिवार्य है।

एम.एस. प्रिंटर्स, दिल्ली-110 095 में मुद्रित

वाणी प्रकाशन का लोगो मक़बूल फ़िदा हुसेन की कूची से

पहली प्रति

कविता गुजराल, अनिरुद्ध और

शिल्पा के लिए

आभार

माता-(स्व०)भापाजी का और बहनों का।

गुरबचन, अवतार जोंड़ा, मोहन सपरा, सिमर सदोष, राजेन्द्र चुघ, रमेश बत्तरा, सुरेन्द्र मनन, प्रचण्ड, नरेन्द्र निर्मोही, कमलेश भारतीय, सुरेन्द्र मंथन, कीर्ति केसर, जे० बी० सिंह घई, पाली और रमेन्द्र जाखू का, जिनसे चलती बहसें बहुत बल देती हैं।

विजय धवन (कुवैत), अक्षय शर्मा, नन्द किशोर वैद और सन्त प्रकाश सिंह का, जो मेरी धड़कनों में हैं।

वाणी प्रकाशन परिवार का, जिसमें लेखकों के लिए सहयोग की भावना है।

कुछ इस उपन्यास के बारे में

इस उपन्यास का एक ही पात्र है, पंजाब।
इस उपन्यास की एक ही प्रेरणा है, पंजाब।
इस उपन्यास की एक ही चिन्ता है, पंजाब।
इस उपन्यास का एक ही उद्देश्य है, पंजाब।

—तरसेम गुलजार

एक

जनवरी के अन्तिम दिन थे। कालिज के सायकिल स्टैण्ड पर वृक्षों के टूटे पत्ते बहुत बड़ी तादात में जमा थे। अविनाश हरदीप का इन्तजार कर रहा था।

उसे ख्याल आया कि आज उसका एक सहकर्मी कह रहा था—"प्यार एक अजीब किस्म की बीमारी है। इसके कीड़े ट्यूबरक्यूलोसिस की तरह साँसों में बिखर जाते हैं—इसका इलाज डब्ल्यू० एच० ओ० के पास भी नहीं। सिर्फ यही हो सकता है कि आप आँखों पर पट्टी बाँधकर हैलीकाप्टर से घने जंगल में उतार दिये जायें।—सिर्फ भटकते रहें और इतने में जिन्दगी की शाम हो जाये।"

"बड़ा फिलासफर हो गया है यार।"

"फिलासफर नहीं, बीमार—।"

"चोट खाये लगते हो भाई।"

और वह खिलखिलाकर हंस दिया।

अविनाश ने हरदीप को हिन्दी साहित्य समझने में सहायता देना शुरू किया था। हरदीप एम० ए० के एग्जाम दे रही थी। एक दोस्त के अनुरोध पर अविनाश उसे साहित्य के अलग-अलग मुद्दों पर छोटा-मोटा भाषण पिला आता। पिछले हफ्ते उसने कुछ किताबें देख लेने का सुझाव दिया था। उसने कहा कि वह उसके साथ ही मार्कीट चलेगी और जो किताबें ठीक लगेंगी, खरीद ली जायेंगी। तय यह हुआ था कि अविनाश शनिवार ग्यारह बजे उसके कालिज आ जायेगा।

यह उसी की हिमाकत कहिए कि वह दस मिनट पहले से ही वहाँ मौजूद था और व्यर्थ ही गुजरते हुए चेहरे के भाव पढ़ने में वक्त गुजार

रहा था। इस बीच शायद वह तीन-चार बार घड़ी देख चुका था। उसे घड़ी की सुइयाँ इतनी धीमी कभी नहीं लगीं। खासकर ग्यारह बजे के बाद का समय तो वह काट ही नहीं पा रहा था।

अविनाश का जी चाहा कि किसी से पूछ कर उसके क्लास रूम तक चला जाये। सायकिल लॉक कर वह आगे निकला। पार्क का हिस्सा पार करते ही उसे सामने से आती हरदीप दीख गई। उसने क्रीम सूट पहना हुआ था और ऊपर गहरे चाकलेटी रंग की शाल ओढ़ रखी थी। इस तरह कुल मिलाकर अपनी चाल के अनुपात से वह खासा संजीदा लग रही थी।

अविनाश को उसने थोड़ी दूर से ही देख लिया था और मुस्करा दी थी। पास आकर मुस्कराहट चहकने में बदल गई।

"आपको ज्यादा इंतजार तो नहीं करना पड़ा ?"

' लगभग आधा घण्टा।"

"गीता मैडम छोड़ ही नहीं रही थीं। मुआफ करेंगे न प्लीज।"

"यह बात-बात पर मुआफी माँगना छोड़ दो; नहीं तो आधी जिन्दगी क्षमायाचना में ही गुजर जायेगी।"

"अच्छा इसके लिए भी मुआफ कर दें।" उसने हंसते हुए कहा।

"तुम नहीं सुधरोगी।"

दोनों सायकिल स्टैंड की तरफ पलटे।

"आप सायकिल लाये हैं न ?"

"और क्या मेरे पास स्कूटर होगा।"

"होने को स्कूटर भी हो सकता है।"

"गाड़ी भी हो सकती है ?"

"हो क्यों नहीं सकती।"

"नहीं हो सकती।···न ही मैंने कभी इच्छा की है।"

"इच्छा तो करनी चाहिए न।"

"खाक ! स्मगलिंग हम करेंगे नहीं। बाप की लम्बी-चौड़ी प्रापर्टी है नहीं। जुआ हम खेलते नहीं। लाटरी खरीदी नहीं कभी। भगवान के छप्पर फाड़कर देने में हमारा विश्वास भी नहीं···जो पगार मिलती

है उससे कमरे का किराया देते हैं। होटल वाले का तेज मिर्ची की दाल-सब्जी का बिल देते हैं। कुछ घर भेजते हैं और बाकी की किताबें और पत्र-पत्रिकाएँ। इतना ही चलता रहे तो गनीमत है। फिर गाड़ी और दीगर चीजों की ख्वाहिशों में दिमाग क्यों खराब करें।"

हरदीप ने अपनी किताबें और नोटबुक सायकिल के पीछे जमा दीं। तीन किताबें थीं। पहली 'हिन्दी साहित्य का इतिहास,' दूसरी 'गोदान' पर समीक्षा की किताब और तीसरी पर अखबार का कवर होने के कारण अविनाश देख न पाया। इन सबके बीच उसने अपना पर्स एडजस्ट किया। अविनाश का मन किया कि पूछे, वह अपने पैसे उस सेफ में क्यों नहीं रखती जहाँ दूसरी औरतें रखती हैं, लेकिन फिर टाल गया। यह प्रश्न उसे खुद ही काफी चीप सा-लगा जबकि वह उसे गंभीरता से लेने की चेष्टा कर रहा था। कहीं उसके भीतर यह दिखाने की भावना भी थी कि वह दूसरे लोगों से ज्यादा बेहतर ढंग से सोचता है, ज्यादा संजीदा है और जिन्दगी को फुटबाल या चुटकला नहीं समझता। जहाँ तक बन पाता वहाँ तक जिन्दगी को इन्सानियत-भरे माहौल में जीने की चेष्टा करता है। जहाँ नहीं हो पाता वहाँ उसे बेहद तकलीफ होती है। अविनाश और हरदीप अपनी-अपनी सायकिलों पर निकले।

हरदीप ने कहा, "कल मैं सन्तोष भाभी से मिली थी।"

"अच्छा!" अविनाश ने हैरत से देखा।

"वे बहुत अच्छी हैं।"

"इसमें क्या शक है।"

"वे बता रही थीं कि इस नौकरी में आने से पहले आप 'कमल' में काम करते थे।"

"हाँ।"

"संपादन तो आपकी रुचि का काम था। वहाँ से क्यों छोड़ दिया?"

"उसका संपादन धार्मिक काम जैसा था।"

"धार्मिक काम?"

"हाँ। दो-दो, तीन-तीन महीने अगर पगार न मिले तो इसे धार्मिक काम ही कहेंगे।"

"नियमित पेमैंट क्यों नहीं देते थे वे ?"

"उसका मालिक संपादक बड़ा विचित्र आदमी था। हरेक को पेमैंट के लिए किसी न किसी पार्टी के पीछे लगा देता, जिसका उसने विज्ञापन छापा होता। वहाँ से पेमैंट मिलने पर ही कर्मचारी का हिसाब करता। एक बार बड़ा रोचक किस्सा हुआ। उसने अपनी सालगिरह पर जब पार्टी दी तो हम सबने अपने होटल के बिल, चाय के बिल, बिजली के बिल उसकी पत्नी को प्रेजेन्ट कर दिये।"

हरदीप हँस पड़ी।

अविनाश को उसका हँसना बहुत अच्छा लगा।

"बहुत सिटपिटाया होगा बेचारा ?"

अविनाश ने राय दी कि वे दोनों सायकिलें स्टेट बैंक आफ इण्डिया के सामने सायकिल स्टैंड पर छोड़ दें और माई हीरा गेट तक पैदल मार्च करें। हरदीप ने तुरन्त स्वीकृति दे दी। अविनाश ने पहले वाली बातचीत जारी रखते हुए कहा, "यदि दल बदलने का कोई पुरस्कार मिल सकता है तो उसी सम्पादक को मिलना चाहिए। उस जैसा ग्रेट दलबदलू दुनिया में नहीं होगा। पहले वह जनसंघ में था। फिर कांग्रेस में चला गया। एक दिन उसने उसके एक सहकर्मी को इन्दिरा गांधी पर लेख तैयार करने को कहा लेकिन जब तक वह लेख लिखकर लाया वह जनता पार्टी में शिफ्ट हो चुका था। जनता पार्टी से फिर लोकदल में चला गया। अब सुना है कि वह पुनः इंका में है। संपादक को अपनी तुकबन्दी सुनने का और सुनाने का बहुत शौक था। एक दिन मैंने मूड में आकर उनसे कह दिया कि वे अपनी तुकबंदी सुनाने के लिए रोज सुबह उधम सिंह कालोनी के मन्दिर के पास खड़े हो जाया करें। जो भी बच्चा मन्दिर जा रहा दीख जाये उसे रोककर तुकबंदी सुना दिया करें। इससे एक तो उनकी पाचन-शक्ति ठीक रहेगी, दूसरे बच्चे भी खूब स्वस्थ रहेंगे।

उन्होंने इस राय को गंभीरता से लिया और कहा, 'लेकिन उधम सिंह कालोमी के मन्दिर के पास ही क्यों ?'

" 'इसलिए कि वहाँ जाने वाले अधिकांश बच्चे डेफ एण्ड डंब स्कूल के होते हैं।' " हरदीप फिर हंस पड़ी। वह ठगा-सा उसकी चमकती

दन्तपंक्ति देखता रहा।

"उमने आपको कुछ कहा नहीं ?"

"कहता क्या ? आर्डर निकाल दिये कि उसी दिन से साहित्य का काम शोभा जी देखेंगी और महिलाओं का पन्ना मुझे दिया जायेगा। वहाँ मुझे यही सब लिखना होता था कि गोरे कैसे बनें। नींबू का आचार कैसे डालें। या फिर मोहनहलवा और खीर पर कालम लिखना होता था..."

"इसका मतलब खाना पकाने और महिला सौन्दर्य की भी खूब जानकारी है आपको।"

"हाँ जी, इसी जानकारी ने तो नौकरी छुड़वा दी।"

"क्यों भला ?"

"मैंने पेठे और अंगूर की सब्जी बनाने की विधि लिखी—नौकरी छुड़वाने के लिए यों तो पहला पंक्ति ही काफी थी—एक अंगूर का दाना लें और एक पेठा लें। दोनों के काट कर बराबर टुकड़े कर लें..."

इस बार हरदीप की इतने जोर से हँसी छूटी कि मिट्ठा बाजार के दुकानदार चौंक गये और ग्राहकों को छोड़कर इधर देखने लगे। माई हीरा गेट से अविनाश ने उसे 'उपन्यास और लोक जीवन' 'यथार्थवाद' और मुक्तिबोध के समीक्षा-सम्बन्धी लेखों का एक संग्रह खरीदने का मश्वरा दिया। मैक्सिम गोर्की का 'माँ' और प्रेमचन्द का 'गोदान' भी खरीद डाले। वह जानता था कि दोनों किताबें हरदीप के पास नहीं हैं।

किताब की दुकान से निकल कर अविनाश ने कहीं बैठकर चाय पीने का प्रस्ताव रखा। हरदीप की इच्छा थी कि घर चलें और चाय वह खुद बना कर पिलाये। अविनाश ने कहा कि घर वह किसी दूसरे दिन चलेगा। आज उतना समय नहीं है। चाय वहीं पी जाये। यह वायदा करने पर कि अविनाश मुक्तिबोध पर तैयार किया हरदीप का लेख दूसरे दिन ही, देखने घर आयेगा, हरदीप ने मान लिया।

माई हीरा गेट के ही एक रेस्तोराँ में वे लोग घुसे।

अविनाश ने पनीर के पकौड़े और चाय का आर्डर दिया। अविनाश

ने दोनों खरीदी हुई किताबें पैकेट से निकाल लीं। पेन निकालकर उसने 'माँ' के पहले पृष्ठ पर लिखा—

"हरदीप के लिए सप्रेम"

अविनाश

फिर 'गोदान' के पहले पृष्ठ पर लिखते वक्त उसे कुछ ख्याल आ गया और उसने लिखा "हरदीप के लिए जिसे अब यथार्थवादी ढंग से सोचना चाहिए।"

—अविनाश

हरदीप ने उन किताबों को आँखें बंद करके छाती से लगाकर प्यार और आभार व्यक्त किया और फिर पढ़ा। वेटर पानी के गिलास रखने लगा तो हरदीप ने अखबार उठा लिया।

"सुना था लड़कियाँ बातें बहुत करती हैं। लेकिन आज तो मैं ही ज्यादा बोलता रहा हूँ। अब तुम्हारी बारी है···।" अविनाश ने कहा।

"इस समय मेरी नज़र अखबार की इस खबर पर लगी है।" उसने अखबार मोड़कर अविनाश की तरफ बढ़ा दिया।

किसी मन्दिर में गाय के कटे हुए सिर और पूँछ मिलने की खबर थी।

"लोगों की भावनाएँ भड़काने के लिए क्या-क्या नहीं किया जाता। राजनैतिक हवा इस बात को जब जी चाहे, अपने लिए सीढ़ी बना सकती है।" अविनाश ने टिप्पणी की।

"साम्प्रदायिक आग बहुत खौफनाक होती है। इसी आग ने बँटवारा करवाया था। कितने घर जले, कितने लोग उजड़े—कोई ठीक अन्दाज नहीं। हमारे परिवार तीन दशकों के बाद भी अपने उखड़ जाने का दर्द नहीं भूल सके।"

पकौड़े वे लोग खा चुके थे। चाय पीते हुए अविनाश ने पूछा, "भापा जी की सेहत कैसी है?"

"डाक्टर ने किडनी बदलने की सलाह दी है।"

"तो इसमें देर किस बात की हो रही है?"

हरदीप ने नज़रें झुका लीं।

"किडनी नहीं मिल रही न ?"

"हाँ।"

"आज उनसे जाकर कह देना कि किडनी मैं दे दूंगा।"

हरदीप ने चौंककर देखा। कितनी सरलता से कह रहे हैं कि किडनी दे देंगे, जैसे किडनी न दे रहे हों अपनी दवात से स्याही भरने की इजाजत दे रहे हों। जैसे अपने पिनकुशन से एक पिन लेने दे रहे हों—जैसे कह रहे हों कि उन्हें लैटर बाक्स के पास से निकलना तो है ही, उनका लैटर वही पोस्ट कर देंगे।

"आप भला क्यों देंगे।" उसके मुँह से निकला। दरअसल उसे लग रहा था कि अविनाश जरूरत से कुछ बहुत ज्यादा उसके परिवार के लिए करना चाहते हैं। शायद उसकी ही वजह से। लेकिन इतना कुछ वह कैसे ले सकती है ? उसके सामने एक कहावत की इबारत घूम रही थी कि 'सज्जन मित्र अगर उँगली दे तो हाथ नहीं काट लेना चाहिए।'

"हम भला क्यों नहीं दे सकते। टी० बी० मुझे है नहीं। स्वस्थ हूँ। मुझे नहीं लगता कि मेरी किडनी डैमेज होगी।…फिर किडनी देने से पहले डाक्टर से जाँच भी करवाई जा सकती है।"

"हद करते हैं आप।" हरदीप जान गई थी कि अविनाश उसे चिढ़ा रहे हैं और समझ कर भी असलियत नहीं पकड़ना चाहते।

"हम तो हमेशा सरहदें तोड़ना चाहते हैं।" अविनाश ने अपनी आँखें हरदीप के मासूम, लेकिन बेचैन चेहरे पर टिका दीं।

"उनके तीन जवान बेटे हैं, जब वही यह आफ़र नहीं रख रहे तो आप ही क्यों ?" लाचार हरदीप को कहना पड़ा, जो वह कहना नहीं चाहती थी।

"बहुत छोटे ढंग से सोचती हो। सिर्फ खून के रिश्ते अर्थपूर्ण नहीं होते। मैं क्या उनकी कम कद्र करता हूँ। पिता-समान ही हमेशा समझा है मैंने।"

कुछ देर चुप रहने के बाद हरदीप ने कहा, "आप तो दूसरों से यथार्थवादी होने की बात कहते हैं। कहते हैं एप्रोच प्रैक्टिकल होनी

चाहिए।...जिन्दगी में तो बहुत आदर्शवादी हो रहे हैं।"

"एक आदमी की जान बच सकती है इससे ज्यादा प्रैक्टिकल एप्रोच क्या हो सकती है। प्रैक्टिकल एप्रोच का मतलब कोरा स्वार्थ तो नहीं होता...।"

"बातों में आपसे कोई जीत नहीं सकता।" हरदीप ने कहा। उसने समझ लिया कि यह आदमी कुर्बान होकर रहेगा।

अविनाश ने पैसे चुकाये और दोनों बाहर आ गए। लौटते वक्त रास्ते में उनका संवाद न चल सका। हरदीप को यह अविनाश की अहम्मन्यता लगी। वह भापाजी से बहुत प्यार करती थी। उनकी जान की सलामती हर तरह से चाहती थी। लेकिन इसके लिए अविनाश बलि का बकरा बने। जाने क्यों यह बात उसे पच नहीं पा रही थी। अविनाश पहले ही अपना कीमती वक्त उसकी पढ़ाई की देखरेख में खर्च कर रहे हैं। यह सब कम है क्या? और अगर कम है तो यह कमी वे अपनी किडनी देकर पूरी करेंगे? उसे लग रहा था कि वह जिस ढंग से बात रखना चाहती थी, रख नहीं पाई। कुछ कहने के लिए आतुर तो थी लेकिन फिर ओंठ काट लेती। उन्हें भी तो कुछ समझना चाहिए। किडनी कोई बाल-पाइन्ट पैन का सूखा रिफिल नहीं होती, न डबलरोटी का रैपर।

अविनाश ने किडनी दे देने का फैसला चार-पाँच दिन पहले ही कर लिया था। फिर भी उसने पुर्नविचार के लिए चार-पाँच दिन का समय लिया। उसे लगा नहीं कि उसके फैसले में कुछ भी गलत था। सिर्फ अपने लिए जीना भी कोई जीना होता है। जीना तो वह है जो किसी के काम आये।

फैसला सुना देने पर हरदीप की जो प्रतिक्रिया थी, वह उसे भली लगी। उसे हरदीप के प्यार की थाह मिल रही थी और वह इसी को पुरस्कार मान रहा था।

माई हीरा गेट से लौटते वक्त हरदीप के खामोश और उदास चेहरे को थोड़ी देर पहले के खुशमिजाज चेहरे में बदलने के लिए उसने एकाध बार कोशिश की, लेकिन फिर उसे अपना प्रयास अधूरा-सा लगा और

वह चुप हो गया।

'दुनिया में सबसे मासूम और पवित्र सिर्फ प्यार करने वाले लोग होते हैं'—उसने सोचा। यही बात उसने हरदीप से कहनी चाही, लेकिन उसका बिगड़ा मूड देखकर चुप रहा। स्टेट बैंक के पास सायकिल स्टैंड पर पहुँचकर अविनाश को आस थी कि हरदीप शायद एक बार फिर उससे घर चलने का प्रस्ताव रखे। इस बार अगर वह कहेगी तो वह चला जाएगा।

हरदीप ने किताबें कैरियर पर टिका दीं और 'अच्छा' कहा।

अविनाश ने पूछा, "चाय नहीं पीना चाहोगी एक बार और।"

"नहीं अब नहीं—काफी देर हो गई। घर में लोग इन्तजार कर रहे होंगे।"

अविनाश ने उसे सायकिल पर जाते हुए देखा और उसे लगा कि बाकी दिन के लिए कोई काम उसके पास बचा ही नहीं।

घर पहुँचकर हरदीप के मन में रह-रहकर कुछ उफनता रहा। हारकर उसने अविनाश की भापाजी के लिए किडनी देने की बात भरजाई को बता दी। उसे लगता था कि भरजाई अभी उसे लेकर साथ अविनाश की तरफ निकलेंगी और उसे मना करेंगी। लेकिन भरजाई ने सिर्फ इतना कहा, "वह बहुत भला आदमी है।"

मनजीत भाजी जब दुपहर का खाना खाने आए तो भरजाई ने उन्हें अविनाश की किडनी देने की बात बता दी। उन्होंने कहा, "वह भला ही नहीं, बहादुर भी है।"

मनजीत भाजी ने भापाजी से पूरी बात कही और कहा कि सच तो यह है कि उनका पूरा खानदान अविनाश के उपकार का बदला नहीं चुका सकेगा। घर में सभी लोग अविनाश की प्रशंसा कर रहे थे। बड़े बुजुर्ग कह रहे थे, "इस जमाने में ऐसा पुण्यात्मा मिलना बहुत कठिन है। ऐसे ही लोगों से चल रही है, नहीं तो दुनिया गर्क हो जाती।" बाकी कह रहे थे कि दूसरों के लिए कुछ कर पाने की क्षमता अविनाश में है।

हरदीप को कोफ्त हो रही थी, 'सभी लोग इस तरह बात कर रहे

हैं जैसे किडनी का बदल लेना तय ही हो चुका है···कोई उनके पक्ष का क्यों नहीं सोचता ?'

हरदीप भी क्या करती ? भावना के तीखे वेग में वह बिल्कुल अकेली पड़ गई। पिता-विरोधी वह नहीं थी, लेकिन एक भी लफ्ज़ मुँह से निकलता तो वही मान ली जाती। अविनाश से अब दुबारा बात उठाने का कोई लाभ नजर नहीं आ रहा था।···अब क्या होगा ? मनजीत भाजी पहले बर्मिंघम टेलीफोन बुक करवाएँगे सुरजीत भाजी के लिए। फिर डाक्टर से बात करेंगे···हरपाल को भेजकर अविनाश को बुलवाएँगे या खुद उनके पास जाएँगे।

आपरेशन में चार घण्टे लगे। यह एक दुहरा आपरेशन था। अविनाश का और फिर भापाजी का। हाथ धोकर टावल से पोंछते हुए डाक्टर के चेहरे पर सफलता की मुस्कराहट थी। नरिन्दर भरजाई, जिसने अविनाश और भापाजी दोनों की सेहत के लिए अखण्ड पाठ की सुखणा सुखी थी, आँखें बन्द कर मन ही मन कहा, 'सच्चा तू।'

चार घण्टे हरदीप का दिल भँवर में फँसी किश्ती-सा रहा। और यह हालत वह किसी से भी ब्यान नहीं कर सकती थी।

अविनाश को जब होश आ रहा था उसके कान बरामदे में चल रही बातें सुन रहे थे। कोई कह रहा था, "बस से उतार कर एक ही फिरके के सात आदमियों को गोली से उड़ा दिया गया।" अविनाश को अपने भीतर कमजोरी-सी महसूस हुई। उसे लगा कि बलिदान के जिस तेज की कल्पना वह करता रहा है उसे मेन्टेन नहीं कर पा रहा है।

दो

बिट्टी गेट पर खड़ी थी। अविनाश ने सायकिल दीवार के साथ लगा दी।

"नमस्ते अंकल।"

"कैसी हो बिट्टी?"

"आज बहुत दिनों बाद आए।" फिफ्थ में पढ़ती बिट्टी से यह सुनकर उसे अच्छा लगा।

"बस ऐसे ही," कहकर अविनाश ने उसके गाल थपथपा दिये।

"सायकिल में ताला लगा दें। कल बबलू लोगों का नया स्कूटर छीनकर ले गए हैं।" वह दुबारा बाहर निकला और सायकिल लॉक कर चाबी जेब के हवाले की।

"तू तो बड़ी सयानी हो गई है बिट्टी।"

"दीप आंटी कहती हैं कि पूरी झल्ली हूँ मैं। मेरा कोई पुर्जा ढीला है। अगली बार अमृतसर जाएँगे तो कसवाकर लाएँगे।"

बिट्टी के हरदीप का रेफरेंस देने में कोई खास प्रयोजन है या ऐसे ही? अविनाश ने सूँघने का यत्न किया और फिर 'मुझे तो खाहमखाह सम्बन्ध सूंघने की आदत हो गई है।' कहकर छुटकारा पाने की चेष्टा की। पिछले दो सालों से अविनाश इस घर में बेरोक-टोक आता-जाता रहा है। घर में आना हरदीप की वजह से शुरू हुआ था, लेकिन धीरे-धीरे घर के सभी सदस्यों से आत्मीयता बँधती चली गई है। अब वह इस घर का ही सदस्य जाना जाता है। घर की कोई बात उससे पोशीदा नहीं रखी जाती। भापाजी के आपरेशन के बाद तो उसका सम्मान और भी बढ़ गया है। हाँ, हरपाल की नजरों में उसे कभी-कभी उपेक्षा नज़र आती रही है, लेकिन फिर इस उपेक्षा को वह उसके अक्खड़ स्वभाव का

एक अंग मानकर चलता रहा है।

भापाजी का कमरा परली तरफ था। वह उसी ओर चल पड़ा। अगर चाहता तो सीढ़ियाँ चढ़कर सीधा हरदीप के कमरे में चला जाता। हरदीप अगर कमरे में नहीं होती तो बिट्टी के बता देने पर चली आती। घर में उसके ऐसा करने पर कोई पहरा नहीं था, लेकिन उसे अपने भीतर से इसका कोई स्वीकार नहीं मिला। शायद वह हरदीप का रवैया परखना चाहता था। भापा जी तख्तपोश पर बैठे अखबार पढ़ रहे थे। बर्फ-सी सफेद दाढ़ी। पीला पट्का। मोटे शीशे की ऐनक। चेहरे पर आपरेशन के पीलेपन के बाद अब थोड़ी ताजगी फिर लौटने लगी थी।

"भापाजी, सासरीकाल।"

"सासरीकाल।" बिना अखबार से नजर हटाये ही अभिवादन का उत्तर देकर उन्होंने नजर उठाई और उसे पाकर निहाल होते हुए कहा, "जीते रहो। लम्बी उम्र हो। जवानियाँ माणो। आज इतने दिनों बाद याद आई हमारी। मैं आज ही हरपाल से कह रहा था कि रणजीत नगर जा-आए, तुम्हारी सुख-सांद पूछ आए। कह रहा था कि शाम को मनजीत भाजी का स्कूटर लेकर हो आयेगा। ठीक-ठाक रहे न?"

उसने कुर्सी पर बैठकर रूमाल निकालकर पसीना पोंछा और कहा कि वह मजे में रहा। उसकी नज़र कार्निस पर पड़े गुरु गोविन्दसिंह के बड़े से चित्र पर पड़ी। कमरे में यही एक परिवर्तन था। गुरु गोविन्दसिंह के इस चित्र ने उसे हमेशा प्रभावित किया है। उस चित्र में कशिश की बात थी, उनकी आँखों में दृढ़ता का भाव। यह भाव उसे कायल कर देता। इस दृढ़ता के आगे वह नतमस्तक था।

"यह तस्वीर मनजीत लाये हैं अमृतसर से।" भापाजी ने कहा।

"अकेले गए थे क्या?"

"नहीं नरिन्दर भी गई थी। नरिन्दर के झाईजी बीमार थे कुछ। तुम्हारे लिए कड़ा लाए हैं।"

"अच्छा···। भाजी कह रहे थे जब भी अमृतसर जाएँगे, लेकर आएँगे।"

तभी हरदीप ट्रे में दो गिलास लेकर दाखिल हुई। भापाजी के लिए

लस्सी और अविनाश के लिए शिकंजवी। आज वह हल्के नीले रंग का पाकिस्तानी सूट पहने हुए थी। वह जानता था कि यह सूट मनजीत भाजी पाकिस्तान से लाये थे। तब उसके लिए वाटर कूलर की बाल्टी आई थी। दीप का सूट स्कीवलेस था इससे उसके कन्धे से लेकर कुहनी तक और फिर हाथों तक का सुडौल जिस्म बहुत प्यारा लग रहा था। खासकर टीके की निशान वाली जगह, जिसे देखकर अविनाश का अक्सर चूम लेने का मन करता है। दो चोटियों में उसके चेहरे पर टँकी मासूम आँखें उसे आज भी भली लग रही थीं। हमेशा की तरह।

एक नज़र में अविनाश को वह उतनी उदास और गमगीन नहीं लगी जितनी अविनाश उसके बारे में इतने दिन सोचता रहा। उसे लगता था कि जब वह उसके बिना मुश्किल से जी रहा है तो उसे भी तो परेशानी होती होगी—कोई दुःख, कोई रंज, वेदना का एक वृत्त, चाहे छोटा क्यों न हो। एक टीस-सी उभरी और अविनाश ने इसे एटीकेट में दबा दिया। क्योंकि उसे लगा कि दीप भी वही कर रही है।

"नमस्कार !"

"नमस्कार !"

"आज बहुत दिनों बाद आए ?"

"बस यों ही।"

"अविनाश के लिए भी लस्सी ले आती न।" भापाजी ने कहा।

"यह पियें तो अभी ले आती हूँ।"

"न—न—यही ठीक है।"

"और लेंगे न।"

"नहीं बस। तुम नहीं ले रही ?"

"मैंने अब्भी चाय पी है।"

अविनाश को 'अब्भी' में मजा आ गया, लेकिन प्यार की उस आँच के लिए, वह इसे बहुत नाकाफी पा रहा था।

उसने गिलास उठाए और चल दी। अविनाश देखता रहा लेकिन वह नज़र बचाए रही, जिसके लिए वह दीप के सभी गुनाह, सभी जुल्म मुआफ कर सकता था। दीप ने गिलास ट्रे में रखे और बचती हुई-सी

निकल गई।

"अविनाश भाजी आए हैं क्या ?" उसने हरपाल की आवाज सुनी।

"हाँ, भापाजी के पास बैठे हैं।" यह हरदीप की आवाज थी।

"सासरीकाल !" उसने उठकर हरपाल से हाथ मिलाया। हरपाल ने दाढ़ी खुली छोड़ी हुई थी और सिर पर केसरी पगड़ी थी। घर में मनजीत पहले दाढ़ी की ट्रिमिंग करवाया करते थे। बड़ी स्टाइलिश दाढ़ी रखी हुई थी उन्होंने। दिलखुशा मार्किट में रहमान से दाढ़ी ट्रिमिंग करवाते थे। घर में पूछने पर कई बार पूरे खुलेपन से बता दिया जाता था कि दिलखुशा गए हैं नाई की दुकान पर। लेकिन अब पूरी दाढ़ी रखने लगे थे।

"भापाजी आज मुझे आपकी तरफ भेज रहे थे।"

"अच्छा ! इसीलिए मैं खुद चला आया।" वह इत्मीनान से बैठ गया और बोला, "तुम्हारे बाहर जाने का क्या हुआ ?"

हरपाल बेकार चला आ रहा था पिछले दो वर्षों से। बड़े भाई सुरजीत बर्मिघम में हैं। उनका ध्यान आते ही अविनाश को एयर इंडिया का महराजा और बड़े-बड़े अक्षरों में लिखा हुआ 'बल्ले-बल्ले बर्रमिघम' याद हो आता है। हरपाल की कोशिश थी कि उन्हीं के पास चला जाए। उसका विचार था कि वहाँ से कहीं और भी निकला जा सकता है।

"कहाँ जी। फारेन वाले जब तक पालम का गेट नहीं लाँघ लेते तब तक आपके यहाँ से जब आप 'बाय' कह देते हैं और वहाँ उतरते ही उनकी किसी मेम से 'हाय' हो जाती है, इस 'बाय' और 'हाय' के बीच आपका बंदा गया हाथ से।" हरपाल की इस बात पर भापाजी और वह दोनों हँस दिए।

"तुमने बैंक में भी एप्लाई किया था ?"

"एप्लाई तो अलग-अलग जगहों पर चौबीस बार कर चुका हूँ। पच्चीसवीं बार करूँगा तो सिल्वर जुबली मनाऊँगा, आपको भी इन्वाइट करूंगा।"

"नौकरी मिल जाएगी तब लेंगे पार्टी।"

"नौकरी का तो कुछ पता नहीं। यह मौका क्यों जाने दें।"

बिट्टी ने आकर हरपाल से कहा कि एंटीना की राड टूटी हुई है।

हरपाल उसका हाथ पकड़कर बाहर चला गया।

"लड़के भी क्या करें। बेकारी ही इतनी है। एक खाली स्थान निकले तो सैकड़ों अर्जियाँ पहुँच जाती हैं।" अविनाश ने कहा।

"मुझे तो लगता है कि बहत्तर-तिहत्तर के बाद पंजाब में किसी महकमे में कोई बड़ी भर्ती हुई ही नहीं। सच कहूँ पढ़े-लिखे बेकार तो माँ-बाप की आँख में भी खटकते हैं।"

उसने देखा कि भापाजी ने फिर ऐनक चढ़ा ली है और अखबार में डूब गए हैं।

"क्या लिखता है अखबार ?"

"अखबार कहाँ सही हैं ? पंजाबी का अखबार पढ़ने के बाद मुझे इंडियन एक्सप्रेस पढ़ना पड़ता है। तुम्हें भी शायद हिन्दी का अखबार पढ़ने के बाद ऐसा लगता हो।"

अविनाश मुस्करा दिया। "आज की कोई खास खबर ?"

"खास खबर क्या ? वही चण्डीगढ़ वाले मसले से भरा पड़ा है अखबार।"

"अब तो इक्कीस को मिल रहा है न पंजाब को।"

"हाँ, बरनाला भी यही कह रहे हैं, पर मुझे नहीं लगता। मेरी समझ में आज तक नहीं आया कि चण्डीगढ़ का झगड़ा है क्या। चण्डीगढ़ हरियाणा में रहे या पंजाब में, रहेगा तो इसी देश में न ? कोई पाकिस्तान तो नहीं ले जा रहा इसे जो इतना बड़ा विवाद खड़ा हो गया। क्यों, तुम्हारी क्या राय है ?"

"मैं सोचता हूँ कि केन्द्र सरकार को पंजाब समझौता लागू करने में देर नहीं करनी चाहिए थी। जब सैद्धान्तिक रूप में चण्डीगढ़ को पंजाब का अंग मान लिया गया था तो उसे पहले ही पंजाब को दे दिया जाना चाहिए था। इसके एवज में दिए जाने वाले इलाके के लिए एक कमीशन नियुक्त किया जाता, जिसका निर्णय दोनों को स्वीकार्य होता।"

"इन कमीशनों के जरिए जो मजाक होता रहा है वह तुम देखते रहो। सियासी लीडर जिस तरह से बयानबाजी करते हैं और लोगों को

वहमों का शिकार बनाते रहे हैं, हद है। शाह आयोग ने मैट्रिक की परीक्षा देने वाले छात्रों के आधार पर इसे हरियाणा की झोली में डाल दिया—तुम्हें याद है दर्शनसिंह फेरूमान इसके लिए शहीदी प्राप्त कर गए थे। सन्त फतहसिंह ने भी व्रत रखा था।"

"इस शहर की सुन्दरता की परवाह किये बगैर इसे बांट देने की बात भी चली थी।"

"हाँ जी 70 में चौ० बंसीलाल ने भी ऐसा ही बयान दिया था। मैंने जो बयानबाजी की बात कही थी उसमें यह बात भी आती है। जो सियापा मौसी ने खड़ा किया वह अमली रूप में खतरनाक था। अबोहर-फाजिल्का का क्षेत्र हरियाणा को दे दिया जाय, चण्डीगढ़ पंजाब को। मैथ्यू को कंदूकेरा (कंदूखेड़ा) गाँव का गलियारा निकालने के लिए मुसीबत आन पड़ी।"

भापाजी का कंदूखेड़ा गाँव का बी० बी० सी० उच्चारण सुनकर अविनाश को हँसी आ गई।

"और अब वेंकेटरमैया कमीशन की रिपोर्ट तो देखिए। सत्तर हजार एकड़ जमीन पंजाब देगा—लेकिन कौन-सा क्षेत्र और किस बिना पर, इसका पता नहीं। इसके लिए कमीशन और फिर एक कमीशन बैठा दो। नया कमीशन कहेगा, एक और कमीशन···फिर एक और कमीशन।"

"बरनाला पैंतालीस हजार एकड़ की पेशकश कर रहा है और उधर देवीलाल ऐसा करने से निपटने नहीं देंगे। उनके लिए राजनीति का दाँव खेलने का यह अच्छा मौका है···क्यों अकारथ जाने देंगे ? देश जाए भाड़ में, किसी को क्या पड़ी है !···केन्द्र सरकार हरियाणा में अपनी साख खोना नहीं चाहती। इसलिए पंजाब को कुछ भी मिलना हो तो वहाँ पेट में उठने वाले मरोड़ का पहले ध्यान रखा जाता है। भजनलाल का बयान सेंटर से इशारा पाये बिना ही आ जाता हो, ऐसा मेरी नाकश समझ में नहीं आता।"

तभी हरपाल कमरे में चाय की ट्रे लेकर घुसा। अविनाश थोड़ा कट-सा गया। समझ रहा था हरदीप चाय लेकर आयेगी।···'तो तुमने मुझे एवायड करना शुरू कर दिया है ?' उसने मन में कहा।

हरपाल ने सेंट्रल टेबल पर ट्रे रख दी। दो काँच के कपों में चाय और एक बड़ी प्लेट में दालमोठ, बिस्कुट और दीप के हाथों तले हुए पापड़। भापाजी चाय सिर्फ सुबह-शाम ही लेते थे, वह भी सोंठ, तुलसी, मुलट्ठी, इलायची जैसी बीस चीजें डलवाकर। भापाजी ऐसी चाय को 'जन्तर मन्तर पीड़ा कटन्तर' कहते थे।

हरपाल ने भापाजी की अन्तिम बात सुन ली थी। उसने चर्चा में शामिल होते हुए कहा, "प्रोफेसर दर्शनसिंह ने कहा है कि चण्डीगढ़ का नाम चण्डीगढ़ साहिब रख दो। लोग अमृतसर की जगह चण्डीगढ़ दर्शनों के लिए जाया करेंगे। सिखों ने क्या सीमेंट-कंक्रीट के उस जंगल के लिए कुर्बानियाँ दी हैं?"

चाय का प्याला अविनाश को देकर कुर्सी पर बैठते हुए उसने कहा, "भाजी सेंटर पंजाब को कुछ भी सीधे से देना ही नहीं चाहता। लैंगुएज के आधार पर राज्यों का गठन 55-56 में हुआ था लेकिन पंजाबी सूबा बनाया गया 66 में, वह भी लम्बी दौड़-धूप के बाद। जब लैंगुएज के आधार पर आप सभी राज्य बना रहे हैं तो पंजाब ने आपके कौन-से मांह मारे हैं जो इसे दस साल तक लटकाया जा रहा है।

"राजीव-लोंगोंवाल समझौते का क्या हाल हुआ? आठ महीनों बाद भी सरकार दरियाई पानी का कोई सही हल लागू नहीं कर सकी। चण्डीगढ़ का कुछ नहीं। जोधपुर जेल में डाले गए कैदियों का कुछ नहीं हुआ।

"यह सब इसलिए कि कहीं सिख यह न समझ लें कि सेंटर से आसानी से कुछ मिल सकता है। हर जगह सौतेला सलूक किया जाता है। हैरानी की बात देखिए कि वे लोग जो खाते पंजाब का हैं, पहनते पंजाब का हैं, बोलते पंजाबी हैं, मरदमशुमारी के वक्त अपनी मातृभाषा लिखवाते हैं हिन्दी। पूछो कोई उनसे कि यदि आपको पंजाबी लिखवाते हुए इतनी ही हेठी लगती है तो पंजाब छोड़ क्यों नहीं देते? वहाँ चले जाओ जहाँ 'हमको तुमको' चलता है।"

"क्या फालतू की बहस ले बैठे हो।" भापाजी ने टोका।

"नहीं मैं ठीक कह रहा हूँ। मैं सिर्फ पंजाब के हिन्दुओं की बात

नहीं कर रहा, पंजाब के सम्पन्न सिख फैमिलीज में भी मियाँ-बीवी आपस में पंजाबी में बात करेंगे, लेकिन जब बच्चे को साथ लेकर बाजार निकलेंगे तो 'मुन्ना टाफी लेगा, हमाला लाजा बेता टाफी लेगा' करेंगे।

"अनेक बेकसूर पकड़ लिये जाते हैं और जेल में ठूँस दिए जाते हैं। कोई पूछता नहीं, कोई सुनता नहीं। ब्ल्यू स्टार ऑपरेशन के बाद जैसे सी० आर० पी० को जायज-नाजायज सब करने की खुली छूट मिल गई हो। मामाजी की कल दिल्ली से चिट्ठी आई है। जानते हैं क्या लिखा है उन्होंने ? लिखते हैं उनकी अगर कोई सुने तो वे यही कहेंगे कि सरकार चण्डीगढ़ रखे अपने पास। हमें नहीं चाहिए; लेकिन हम सभी टरबन वियरर्ज से हिन्दुस्तान में रहने का अधिकार तो नहीं छीने। आज सभी टरबन वियरर्ज एक्स्ट्रीमिस्ट हो गए ?"

"देखो अविनाश, मुझे लगता है कि सेंटर का पंजाब कोलेकर दिल साफ नहीं है। वे चाहते हैं कोई न कोई पंगा खड़ा रहे और उनकी कुर्सी कायम रहे। लाशें गिरती रहें और वे लाशों के सेक पर रियासत की रोटियाँ सेकते रहें।"

"हाँ, पंजाब में कोई बड़ी इण्डस्ट्री कभी नहीं लगाई गई कि कहीं इन्हें अधिक रोजगार के मौके न मिल जाएँ। पंजाब सारे देश के लिए गेहूँ पैदा करता रहे और पंजाबी मान के साथ कभी जी न सकें। पंजाबियों के हिस्से क्या आया कुरबानियाँ और सिर्फ कुरबानियाँ।"

हरपाल के रुकने पर अविनाश ने कहा, "कुरबानियाँ तो सारे देश ने दी थीं आजादी के लिए, लेकिन सत्ता का चैक भुना ले गया सिर्फ एक वर्ग।"

"तुम चण्डीगढ़ की पंजाब को मिलने की बात कह रहे थे न ! मैं कहता हूँ चण्डीगढ़ मिले न मिले, यह कांग्रेस पूरे मुल्क को समुद्र में डुबोकर दम लेगी। अपनी वोटों के लिए यह जिस तरह फिरकापरस्ती अमल में ला रही है वह बहुत खतरनाक है।"

तभी बिट्टी आ गई, "अंकल जी ! अंकल जी ! आपको मम्मी बुला रही हैं।"

अविनाश ने भापाजी से कहा, "आपकी बात वाजिब है।"

वह अभी इस मसले पर विस्तार से बात करना चाहता था, क्योंकि यह समस्या पूरे पंजाब का दर्द बनी हुई है। एक ऐसी आग जो पूरे पंजाबवासियों के भविष्य को खाये जा रही है···खून की होली चल रही है और केन्द्र हूमायूँ के मकबरे की तरह चुप है। इस पूरे यातनाचक्र से अविनाश अलग कैसे हो सकता था, लेकिन बिट्टी उसका हाथ पकड़कर खींचने लगी।

"चलो न अंकल जी।"

"जाओ, भरजाई अपनी की बात सुन लो पहले। कड़ा जो लाई है तुम्हारे लिए।"

दीप के कमरे के साथ ही भरजाई का कमरा था। अविनाश के कदम दीप के कमरे की ओर उठे लेकिन उसने रोक लिया।

पलंग पर बैठी नरिन्दर स्वेटर बुन रही थी। उसने अपने आपको चौंकने से बचाया। नरिन्दर के पास ही हरद्रीप चावल साफ कर रही थी।

"सासरीकाल भरजाई जी···!"

"सासरीकाल जी। आज तो बहुत दिनों बाद दर्शन हुए आपके।"

"हमारा क्या है जी, हम तो रास्तों के पत्थर हैं। कोई भी कभी भी ठोकर लगा सकता है।" कहते हुए उसकी नजर हरदीप के चेहरे पर ही केन्द्रित थी।

"ऐसा क्यों कहते हैं आप। आप जैसा कोई बनकर तो दिखाए।"

"क्यों अच्छे लोगों को कोसती हो भरजाई जी। हमारे जैसे तो बिना मोल बिकते हैं।" अविनाश पूरी खुन्दक पर था। हरदीप के चेहरे पर की छाया को गौर से देख रहा था।

"हीरे का मोल हीरा नहीं जानता। आपके एक-एक गुण को हम जिन्द बेचकर ले लें।"

अविनाश का ख्याल अब नरिन्दर की तरफ गया। उसे लगा कि वह भरजाई को अनायास ही आहत कर रहा है। उसने खुद को सँभाला और कहा, "असल में आप तो यहाँ थीं नहीं और हमें कहती हैं कि दर्शन नहीं हुए।"

"मैं तो सिर्फ पिछले हफ्ते यहाँ नहीं थी। आप तो बहुत देर से ही नहीं आए। मेरी पक्की सूचना है।" कहकर उसने हरदीप की ओर देखा। वह चुपचाप ओंट काट रही थी। जैसे सारी थरथराहट वहीं रुकी हो या फिर चावल बीनने में।

"मैं कैसे कहूँ कि आपका टेलीप्रिंटर झूठ बोलता है।...क्या हाल है वहाँ अमृतसर वालों के ? झाईजी, दारजी सब ठीक हैं न !"

"ठीक ठाक हैं।...आपके लिए कड़ा लाई हूँ।"

नरिन्दर ने उठकर पर्स से कड़ा निकाला। अविनाश ने दायें हाथ में पहन लिया और कहा, "बहुत-बहुत मेहरबानी।"

"क्या लेंगे ? कॉफी, चाय या ठण्डा ?"

"ठण्डा ले चुका हूँ और फिर चाय भी।"

"तो फिर अब कॉफी ले लें। मैं बनाती हूँ।"

"नहीं, सचमुच अब जरूरत नहीं। आप पर उधार रही।"

"मैं इन्तजार करूँगी ब्याज-सहित चुकाने का।"

"कोई चावलों के लिए पूछता तो और बात थी।" अविनाश ने जाते-जाते जुमला चुस्त किया।

"आप रुकें, चावल अभी बन जाएँगे।" हरदीप ने मुश्किल से कहा।

"शुक्र है मौनी बाबा का मौन तो टूटा।" अविनाश ने कहा और बाहर निकल गया।

तीन

कोई नौकरी नहीं मिलने पर रामरत्न वकील एन० एस० घई के वहाँ मुंशी हो गया था। वह वहाँ पाँच साल से नौकरी कर रहा था। घई साहब का सलूक अच्छा था। आज के जमाने में उन जैसे दयानतयार आदमी कम ही देखे जाते हैं। रामरत्न ने तीन सौ की नौकरी शुरू की थी, अब साढ़े चार सौ पा रहा था।

रामरत्न आज पूरी रात नहीं सो पाया। उसकी तीस साल की जिन्दगी में पहले भी कुछ रातें ऐसी आई थीं जब वह सो नहीं पाया था। एक बार तब जब दफ्तर की कुर्सी पर बैठे-बैठे उसके पिता का देहान्त हो गया था। वे घर से साढ़े आठ बजे ठीक-ठाक अपनी खटारा सायकिल पर दफ्तर गए थे। नौ बजे आफिस का समय था। वे आदतन दफ्तर यों पाँच-दस मिनट पहले पहुँचते थे और उस दिन के काम की कार्य-सूची तैयार करते थे। उस दिन वे अपनी कार्य-सूची पूरी नहीं कर पाए थे। नौ बजे दफ्तर आने वाले लोगों ने उनका सिर टेबल पर टिका पाया। 'गुडमार्निंग' का जवाब नहीं मिलने पर उनकी तरफ ध्यान दिया गया तो उन्हें मृत पाया गया।

रामरत्न उस दिन पूरी रात नहीं सोया था। वह यही सोचता रहा था कि एक आदमी कैसे इतनी जल्दी मर सकता है?

दूसरी बार तब जब उसकी बहन अस्पताल में दाखिल थी। उसका प्रसव होना था। रात दो बजे तक वह चीखती रही थी और रामरत्न अस्पताल के लम्बे बरामदे में चक्कर काटता बेबस उसकी चीखें सुन रहा था। तभी जमादारिन ने उससे कहा कि परली तरफ कोठी में बड़ी डाक्टर सो रही हैं। अस्पताल के किसी कर्मचारी में हिम्मत नहीं कि उन्हें जगा

दे। वह अगर यह काम कर ले तो उसकी बहन की जान बच जाएगी नहीं तो सच्चा पातशाह वाहेगुरू जाने।

वह उन्हें जगाने चला गया था। पहले तो कुत्ता जिस तरह उस पर गुर्राया, वह एकदम घबरा गया था। कुत्ता बहुत पला हुआ और हिंस्र था। जगा दिए जाने पर डाक्टर उस पर उससे भी ज्यादा गुर्रायी थी।

उसकी बहन की जान बच गई। पेट का बच्चा पहले ही मर चुका था। वह पूरा वक्त कुत्ते और डाक्टर के हमले के बारे में सोचता रहा। वह सोचने लगा 'नेरो ऐस्केप में खौफ पूरा रहता है।'

तीसरी बार तब जब शार्दूल सिंह ने उन्हें अपना मकान खाली कर देने को कहा था, क्योंकि उसका लड़का अब बाहर के कमरे पर शटर लगाकर छापाखाना खोलना चाहता था। वह दो दिन मकान ढूँढ़ता रहा था, लेकिन सौ-सवा सौ रुपये महीना किराये पर कोई रहने लायक कमरा मिल ही नहीं रहा था। एक दिन शाम ढले जब वह घर लौटा तो शार्दूल सिंह और उसके लड़के ने उसका सारा सामान बाहर सड़क पर फेंक कर अपना ताला लगा दिया था। उसने उनसे गिला किया तो उसका लड़का किरपान लेकर दौड़ा। उसकी माँ दुपट्टा मुँह में ठूँस कर बुरी तरह रो रही थी। वह कुछ भी समझ नहीं पा रहा था और न ही कुछ कर रहा था। वह पुलिस में जाना चाहता था लेकिन एक बुजुर्ग ने उसे समझाया कि इसका कोई लाभ नहीं होगा, क्योंकि पहले तो उसके पास पुलिस को खिलाने के लिए पैसे नहीं होंगे, दूसरे उसके पास किराये की एक भी रसीद नहीं होगी, जिससे वह सिद्ध कर सके कि वह किरायेदार था और इतनी रकम किराये के तौर पर देता रहा है। वह पूरी रात आसमान देखते निकल गई थी।

लेकिन यह रात रामरत्न के लिए तमाम रातों से अलग और कहीं अधिक खौफनाक थी। वह पेशाब के लिए उठा था कि सामने कचहरी में यकायक गोलियाँ चल गईं। लोगों में भगदड़ मच गई। तड़ातड़ दुकानों के शटर गिरने लगे। आगे घरों के दरवाजों और खिड़कियों को फटाक् से बन्द कर लिया गया था। दनादन गोलियों की आवाज से पूरा नई कचहरी क्षेत्र काँप उठा था। एक गंजा अहलमद मेज के नीचे घुस गया

था। एक वकील की भागते हुए ऐनक गिर गई थी। हमेशा कार में देखे जाने वाले एक जज को भी उसने पैदल भागते हुए देखा। वह बुरी तरह हाँफ रहा था। एक पेशकार ठेले से जा टकराया। लोग जिधर सूझा उधर भाग रहे थे। वह खुद कहीं छिप जाना चाहता था। कोई शेल्टर हो। कोई सहारा। कहीं भी। कैसा भी। अपने दफ्तर का दरवाजा, जहाँ वह फाइलों के साथ साँस लेता रहा था, उस पर बन्द हो चुका था। हार कर उसने खंभे की आड़ ली। उसका दिल बेकाबू हो रहा था। बिजली गिरी थी। पानी में आग लगी थी या कोई चट्टान सरक गई थी।

पता नहीं कितने मरे होंगे और कितने जख्मी, उसने सोचा। मौत इतनी सस्ती तो कभी न थी।

तभी उसने जीप की आवाज सुनी। जीप के जाने के बाद भीड़, जो कि कचहरी से बाहर की तरफ भागी थी, तब एकदम कचहरी की ओर फट पड़ी।

रामरत्न की घबराहट कुछ कम हुई। लोगों की भगदड़ थम गई थी। पुलिस को पीछा करने की कार्रवाई शुरू करने में दस मिनट का वक्त चला गया होगा। इतना उन लोगों के लिए निकल जाने के लिए काफी था। लोगों का वार्तालाप उसके कानों से टकरा रहा था।

"पाँच मर गए।"

"पाँचों पुलिस वाले थे।"

"बहुत जवान थे।"

"बेचारे!"

"पुलिस वाले और बेचारे?"

"वे लोग निकल गए क्या?"

"और क्या। अपने तीन आदमी भी छुड़वा ले गए।"

"पुलिस पीछा कर रही है। पकड़े जाएँगे।"

"पहले पकड़े गए हैं कभी?"

"वे जीप पर गए हैं।"

"सायकिल पर होते तब भी क्या उखाड़ लेते?"

"तीन आदमियों को पुलिस के हाथों छुड़ाकर ले जाना कोई आसान काम है !"

"और वह भी दिन दिहाड़े !"

"उनके लिए सब कुछ आसान है। उन्होंने जब भी जैसा चाहा वैसा ऐक्शन किया। कोई कुछ नहीं बिगाड़ सका। कानून व्यवस्था सब टिच, वे किसी को कुछ नहीं समझते।"

"और बाद में सिर्फ एक बयान—पुलिस सतर्क कर दी गई है।"

"इन्हें रोज नये सिरे से सतर्क करना पड़ता है।"

"अभी कर्फ्यू लगा दिया जाएगा। जो कुछ निपटाना है निपटा लो चले।"

शटर तब तक उठाए जा चुके थे। घरों की बन्द खिड़कियाँ और दरवाजे खुलने लगे। फोटोस्टेट दुकान का हेल्पर सुरिन्दर सायकिल पर जा रहा था।

"कहाँ जा रहे हो ?"

"बच्चे मौसी के घर गए हैं अली मुहल्ले। उनको ले आऊं। फिर कर्फ्यू लग जाएगा।"

उसने सोचा कि वह भी निकल जाए। सुबह वह गेहूँ पीसने को छोड़ आया था। पिस गया हो तो ले आए। तभी घई साहब ने आवाज दी और सोहन लाल बनाम बिजली बोर्ड की फाइल निकाल लाने को कहा। उसे बहुत हैरानी हुई। अदालत का काम बदस्तूर चलेगा क्या ? फाइल निकाल देने पर वकील साहब ने उससे कहा कि नाज सिनेमा के पास जाए और स्कूटर के बारे में पूछ कर आए कि रंग हो गया या नहीं। रामरत्न पूरे रास्ते पंजाब के हालात पर सोचता रहा। इन चार-पाँच सालों में क्या से क्या हो गया है ? सैंकड़ों मासूमों और बेगुनाहों का खून बहाया गया है। पंजाब की पूरी धरती वारदातों की दास्ताँ बन कर रह गई है। सिविल अस्पताल के पास लोगों की भीड़ थी, उसे पता चला कि कचहरी गोली काण्ड में मारे गए सिपाही वहाँ लाए गए हैं।

उसने सायकिल बिजली बोर्ड के दफ्तर के पास खड़ी कर दी और अन्दर चला गया। अस्पताल जाते वक्त वह हमेशा अपनी सायकिल वहीं

खड़ी करता। इससे सायकिल स्टैंड के पचास पैसे बच जाते। अभी तक वह लुधियाना और नकोदर की खबरों से ध्यान हटा नहीं पाया था। लुधियाना में कुछ दिन पहले दरेसी में व्यायाम कर रहे और दरेसी से दोमोरिया पुल तक सैर करते लोगों पर गोलियों की बौछार कर दी गई थी। इस खूनी काण्ड में चौदह आदमी मारे गए और फिर अचानक नकोदर में गोलियों की बौछार, जिसमें आठ लोगों को मृत्यु के अन्धे कुँए में धकेल दिया गया था। इस तरह कलपती विधवाओं और रोते-बिलखते यतीमों में इजाफा किया गया था। इन दोनों गोलीकाण्डों का असर अभी तक रामरत्न के दिल पर था। वह अपने भीतर कुछ जलता हुआ-सा महसूस करता रहा था।

इन गोलीकाण्डों पर अखबारों में छपे नोट्स उसे हैरत में डाल रहे थे। एक अखबार में दफ्तर में मिले पत्र के हवाले से लिखा गया था कि ये लाशें पुलिस के नये अफसर की सलामी में बिछाई गई हैं, कि वे लोग जितनी गर्मजोशी से नये अफसर का स्वागत करना चाहते थे उतनी गर्मजोशी से नहीं कर पाए, कि इसका उन्हें खेद है। वह पढ़-पढ़कर अचंभित हो जाता।

लाशघर के पास तीस-चालीस लोग जमा थे। वह दरवाजे के पास पहुँचा। एक सिपाही भीतर से मृत पुलिसकर्मियों की बेल्टें उतार कर ला रहा था। सिपाही के हाथों पर खून लगा हुआ था, और एक बेल्ट भी खून से सनी थी। वह बेल्टों को गिनना चाहता था लेकिन सिपाही ने पुलिस वैन में खड़े दूसरे सिपाही को थमा दीं।

लाशघर के दरवाजे पर पुलिस का पहरा लगा दिया गया था। पीछे की तरफ जाकर उसने जालीदार खिड़की से झाँका। दो शव मेजों पर पड़े थे। तीन जमीन पर। वे पाँचों पैंतीस से कम उम्र के थे। अच्छे सेहतमंद और कद्दावर। उनका काफी रक्त बह चुका था। फर्श पर खून के चकत्ते थे। तभी उसे और चार-पाँच दूसरे लोगों को, जो जालीदार खिड़की के साथ खड़े थे, खदेड़ दिया गया। एक पुलिसकर्मी को वहाँ भी पहरे पर लगा दिया गया। एक प्रेस रिपोर्टर लाशों का ब्यौरा पूछ रहा था। नरसंहार अब सिर्फ एक आँकड़ा बन कर रह गया था।

बेहद बुझे मन से वह निकल लिया। जख्मों की ताब न लाकर इस गोलीकाण्ड का एक और जख्मी दम तोड़ गया था। उसे लाशघर में लाया जा रहा था। उसके लम्बे केश नीचे झूल रहे थे। उसने किसी को कहते सुना कि इसे खून दिया जाना था और खून नहीं मिल रहा था। रामरत्न बड़े खिन्न मन से लौटा। शहर में कोई तबदीली नहीं थी। गाड़ियों के नीचे तेलिया लिबास में लेटे मिस्त्री उसी तरह पुर्जे ठीक कर रहे थे। चाय की दुकान में भट्ठी लह-लह कर रही थी। केतली में पानी खौल रहा था। मेजों पर गप्पें चल रही थीं।

कचहरी के पास डाकखाने में उसी तरह कार्ड और टिकटें बिक रही थीं, पार्सल लिए जा रहे थे और रजिस्ट्रियाँ हो रही थीं। कचहरी कैम्पस में, जहाँ थोड़ी देर पहले वारदात हुई थी, रोजमर्रा की तरह काम चल रहा था। पेशियाँ हो रही थीं, तारीखें डाली जा रही थीं, गवाह भुगताये जा रहे थे और पेशकार-मुहर्रिर ग्रामीणों से दो-दो, पाँच-पाँच वसूल रहे थे।

सावत दिन निकल गया। शहर में कर्फ्यू तक नहीं लगाया गया, जो कि उसे निश्चित लगता था।

रामरत्न ने नुक्कड़ वाले खोखे से लैम्प का सिगरेट खरीदा और पूछा, "आज दुकानें बन्द नहीं हुईं ?"

"क्यों होतीं भला ?"

"कचहरी में गोली चली और···।"

"बाऊ जी, मरने वाले हिन्दू होते तो हिन्दू दुकानें बन्द करवाते, सिख होते तो सिख बन्द करवाते। वे तो पुलिस वाले थे।"

रामरत्न को रात-भर नींद नहीं आई। बार-बार लाशघर में पड़ी लाशें उसकी आँखों के सामने आ जातीं।

चार

दफ्तर से बाहर निकलते ही अविनाश के सामने जो पहली समस्या आई वह यह कि जाये तो जाये कहाँ ?

उसके कमरे की बिजली खराब थी। पूरा दिन दफ्तर में फाइलों से उसे आँख उठाने का समय भी नहीं मिला था। आज दुपहर को वह खाना खाने भी नहीं जा सका। दफ्तर में अपनी मेज पर ही छोले-कुलचे खाकर सन्तुष्ट रह जाना पड़ा। रमेश ने उससे कहा था, "इतना काम करते हो, यहाँ काम का कोई रिवार्ड नहीं मिलता। जो इनको निकाल कर दिखाता रहे वही अच्छा। जो काम करता रहे उसे और लादते रहते हैं ये लोग।" लेकिन वह मुस्करा कर काम में लग गया। हैड आफिस से वह स्टेटमैंट बार-बार माँगी जा रही थी। डी० ओ० तथा तार तक आ चुके थे। स्टेटमैंट दो सालों की थी और समय ले रही थी। अपने दफ्तर के अधिकारी बगैर किसी पेचीदगी को समझे उसे नोट पर नोट दे रहे थे। ऐसे में न ही तो वह छुट्टी ले सकता था न ही थोड़ी देर के लिए गायब हो सकता था। दफ्तर की उस तथाकथित गंभीर (लेकिन टुच्ची) स्टेटमैंट के सामने उसके अपने कमरे की बिजली क्या वकत रखती थी।

कई बार अविनाश और उसके सहकर्मियों को छुट्टी के दिन दफ्तर हाजिर होना पड़ता, कई बार शाम को देर तक काम करना पड़ता, लेकिन इसके लिए उन्हें कोई ओवर टाइम नहीं मिलता था। इसके एवज में उन्हें सिर्फ छुट्टी मिल सकती थी और छुट्टी अक्सर वे लोग इस डर से नहीं लेते थे कि काम और जमा होता चला जायेगा।

इतनी खराब वर्किंग कंडीशन में उसका दम घुटने लगता। इतना काम करने पर भी वे अफसरों के कोप का भाजन बने रहते। उनके

अतिरिक्त कुछ लोग 'शुद्ध लाभ' की सीटों पर काम करते थे। वे उच्च अधिकारियों को पार्टियाँ बगैरा देते थे। उनके निजी कामों में मदद करते और आफिस में उनकी हाजिरी नाममात्र रहती। काम के नाम पर वे एक ही फार्मूला जानते थे—कौन है, कैसे पकड़ना है ? जाहिर-सी बात है कि कामयाबी उनके कदम चूम रही थी।

उनका उच्च अधिकारी सिख था। अविनाश बखूबी समझता था कि अगर उसकी जगह एक हिन्दू बिठा दिया जाता तब भी उसका व्यवहार उन लोगों से ऐसा ही होता, क्योंकि उसका विशेष व्यवहार सिस्टम की देन था, किसी मजहब की नहीं।

गर्मी काफी थी और अविनाश को थकान-सी लग रही थी। कमरे में लौटकर बगैर पंखे के समय काटना एक और नरक था। इससे पहले कि वह कुछ तय करता, उसने बनवारी से एक प्याला चाय पीना पसंद किया और चाय से पहले एक गिलास बर्फ वाला पानी।

वह जानता था कि अगर चाय का आर्डर नहीं हो तो बनवारी को बर्फ डाल कर पानी देने में दिक्कत लगती है। कुछ अज्ञात उग्रवादियों ने ममदोट क्षेत्र में सफेद कार में से गोलियाँ चला कर कुछ बेकसूर राहगीरों को मार डाला था। इस पर जी० एफ० रिबैरो की स्टेटमैंट अखबार में छपी थी कि फिरोजपुर में अब हमारी (पुलिस की) बारी है। इससे पहले भी उनकी उग्रवादियों को लेकर तेज स्टेटमैंटें आ चुकी थीं। बेंच पर बैठे हुए चाय में डबलरोटी भिगो कर खाते हुए दो आदमी उनके बयान की चर्चा कर कहे थे।

"तो क्या इसका मतलब यह हुआ कि उग्रवादी और पुलिस वाले बारी बाँधकर चलते है ?"

"हूँ...।"

"तो क्या इसका मतलब यह नहीं कि अफसरों, मंत्रियों और लीडरों के लिए पंजाब एक खेल का मैदान है ?"

"बिलकुल।"

"तो क्या पंजाब में जो आग लगी हुई है, लोग घर छोड़-छोड़ कर भाग रहे हैं, इन कुर्सियों वालों को पता नहीं ?"

"पता कैसे नहीं होगा जी। खुद तो बाहर निकलते हैं तो मरे गोली पार न करने वाले कोट पहिनकर और दस बन्दूकचियों का लश्कर आगे और दस का पीछे, लेकिन जो लोग अकेले-दुकेले मर रहे हैं, इनका क्या जाता है।"

"तो क्या यही समझा जाये कि सारी लड़ाई गद्दियों की है ?"

"एकदम ! जनता बेचारी को कौन पूछता है।"

"तुम तो लीडर जैसा-बोलते हो···।"

"चोप, गाली दी तो सारी चाय सिर में डाल दूँगा। देख बनवारी, गाली देता है।"

"क्या कहता है ?"

" 'लीडर' भौंकता है।"

"न भई, चोर कहो, उचक्का कहो, लीडर मत कहो।"

अविनाश मुस्करा दिया।

चाय पीकर अविनाश ने बनवारी को आवाज दी, "मेरे मैथेमेटिक्स में डाल देना।" अब तक उसकी उलझन काफी खारिज हो चुकी थी। उसे ख्याल आया कि तोषी भाभी का सत्ती के हाथों सन्देश आया था कि आज उनके यहाँ आये। वह उधर निकल पड़ा। उसका एकबारगी जी चाहा कि मंगल के यहाँ से लौटते हुए क्यों न हरदीप के यहाँ हो आये। फिर उसने इस ख्याल को सख्ती से दबा दिया।

पिछले कुछ अर्से से अविनाश को लगता रहा है कि दीप उसकी उपेक्षा कर रही है लेकिन फिर वह इसे अपना कोरा वहम समझ कर टालता जा रहा था, क्योंकि इसके कोई ठोस कारण उसे नजर नहीं आ रहे थे। इसे चैक करने के लिए उसने तय किया कि हरदीप के यहाँ कुछ दिनों तक नहीं जाया जाये। इस पर उसने अमल भी किया, हालाँकि उस पर प्रैक्टिस भारी पड़ रही थी। पूरे पन्द्रह दिनों तक उसने जब्त किया। इन पन्द्रह दिनों में उसे कोई फोन, कोई चिट्ठी, कोई सन्देश हरदीप की ओर से या उसके घर के किसी अन्य मेम्बर की ओर से नहीं मिला। अपनी सीमा तोड़कर जब वह हरदीप के यहाँ पहुँचा था तो पूरे परिवार ने उसका गर्म-जोशी से स्वागत किया लेकिन दीप की ओर से जो ठंडा

और बुझा-बुझा-सा व्यवहार था उसने उसे छलनी कर दिया। वह तय नहीं कर पा रहा था कि वह ऐसा क्यों कर रही है ?

अविनाश उसके प्यार की एक-एक बूंद के लिए तड़प रहा था लेकिन यह चीज बनवारी की दुकान पर बिकने वाली तो थी नहीं कि वह एक प्याले का आर्डर दे देता—पीता और पीकर निकल जाता। उसे आवाज दे देता—लिख लेना अपने मैथेमैटिक्स में।

लेकिन यहाँ तो जिंदगी का पूरा मैथेमैटिक्स गलत हो रहा था। यह रकम किसी फ़ार्मूले से हल नहीं हो रही थी। इसे हल करने में दीप की और सिर्फ दीप की सहायता की जरूरत थी और वही जैसे पूरे परिदृश्य से झलक दिखाकर गायब हो गई थी।

अविनाश को दीप के साथ गुजारे हुए अंतरंग दिन याद आ रहे थे, जब वे साहित्य के बारे में घण्टों बातें किया करते थे। उन लोगों की बातें खत्म ही नहीं होती थीं। वे हैरान हुआ करते थे कि ये सात कब बज गये ? अभी तो पाँच ही बजे थे। यह अँधेरा कब छा गया, अभी तो खिड़की से धूप कमरे में, बिखरी पड़ी थी। एक-दो बार तो ऐसा भी हुआ कि कमरे की बत्ती आकर भरजाई ने जलाई। अब वे दिन सिर्फ स्मृतियों के पन्नों पर दर्ज थे। वह एक पुश्तैनी लाला की तरह इस खाते को सीने से लगाये फिरता है। एक ऐसे कर्ज की तरह पैनी, जिसकी उगाही न हो रही हो।

दीप प्रकरण में अविनाश को पता ही नहीं चला वह कब बस्ती नौ का मोड़ मुड़ गया। नाले की पुलिया उसने सायकिल से उतर कर पार की। एक खट्टी-सी गंध उसे भीतर तक तिलमिला गई।

मंगल के घर के सामने उसने सायकिल लॉक किया। मंगल को एक आवाज देने के साथ ही वह भीतर चला गया।

एक लंबी मुद्दत तक मंगल किराये के मकानों में धक्के खाता रहा है। दुकान से इतनी आय थी नहीं कि जल्दी मकान बनवा लेता। पूंजी निकाल लेने से काम बिगड़ जाता, पाँच साल पहले उसने यह ज़मीन का टुकड़ा खरीदा था और दो कमरों का सैट बनवाने में भाभी की अंगूठी तक बिक गई थी। दूसरे कमरे के पलस्तर वगैरा अभी शेष थे कि मंगल लोगों ने इधर शिफ्ट कर लिया था। पिछले पाँच सालों में न ही तो

मंगल प्लाइवुड खरीदकर आलमारियाँ बनवा सका और न ही छूटे कमरे के पलस्तर लग सके।

गहने देते वक्त तोषी भाभी ने बड़ा जिगरा दिखाया था। कहती थी कि मकान भी तो एक तरह का गहना ही है। सोने के गहने मैं अकेली पहनूंगी, मकान जैसे गहने में सभी रहेंगे।···फिर आजकल गहना पहना ही कहाँ जाता है। बालियाँ उतारने के लिए गुण्डे कान खींच डालते हैं। चेनियाँ तो सरे राह उतर जाती हैं।—एक दिन अखबार में पढ़ा था कि चूड़ियों के लिए चोर बाँह काटकर ले गये।

पाँच बरस के लम्बे अरसे में विवाह, शादियों और पार्टियों में वे जब भी शामिल हुई हैं और करवा-चौथ के दिन जब भी सजधज कर जनकी के घर व्रत पूजने गई हैं, उन्होंने एक ठंडी साँस भरी है और बाँहों पर चमकती चूड़ियों और कड़ों से, चेनियों और मटर माला से, बालियों और काँटों से लाखों बार नजर चुराने की कोशिश की है।

पाँच साल बाद आज जब न ही तो उस छूटे कमरे के पलस्तर लग सके हैं और न ही वह बीस वायदों के बावजूद एक मुँदरी तक बनवा कर दे सका है, जबकि रोज अखबार में लिखा रहता है कि फलाँ गाँव से सभी हिन्दू परिवार पलायन कर गये,···पचास शरणार्थी दिल्ली पहुँचे···गीता मन्दिर में ठहरे हिन्दू परिवारों की कारुणिक दास्ताँ पढ़-पढ़ कर तोषी भाभी के पेट में मरोड़ उठने लगतीं। वे जब सामने बचनी को इकबाल कौर से बातें करती हुई देखती और खासकर तब जब वे उनके घर की ओर देखकर बातें कर रही होतीं तो उनके जी में हूक-सी उठने लगती। उन्हें लगता कि बचनी यही कह रही होगी कि उसकी नजर तो तोषी के मकान पर है। कब ये लोग हरियाणा की तरफ निकलें और कब उसका कब्जा हो।

ऐसे में वह कई दफे अपनी जिम्मेदारी की भावना से प्रेरित होकर खानदान की नाक बचाने के लिए बहा दिये गये तीस हजार को याद करती तथा बेहद दुःखी हो जाती।

मंगल की बहन निर्मला हायर सेकैंडरी पास करते-करते गर्कजानी एकदम जवान हो गई थी। उस दिन रात को रोटी खाने के बाद मंगल

ने हाथ घुमाते हुए कहा,"कुछ ख्याल भी है, निम्मो पूरे सोलह की हो गई है। कोई ठीक-ठाक-सा बेऐबा लड़का देखकर इसके हाथ पीले कर दो।"

मंगल ने आसपास रिश्तेदारी में बात चलाई, लेकिन कोई ढंग का लड़का मिला नहीं। लड़के वालों के माँ-बाप सोने की कीमत की तरह अकड़े हुए थे। 'सब लेखों-संजोगों की बात है' पर विश्वास करते हुए मंगल ने निम्मो को बी० ए० में दाखिला दिलवा दिया।

कालिज दूर था। रिक्शा न तो सूटेबल था न विश्वसनीय, लिहाजा निर्मला को सायकिल खरीद कर देनी पड़ी।

दुपट्टे की वी(v) बनाकर, दो गुतें आगे फेंककर, नये सैंडिल पहन कर, नये सायकिल पर जब टिनोपाल में धुली सफेद कबूतरी की शान से जब उडड-पुडड जानी निम्मों सायकिल की रफ्तार बढ़ाती तो बीसियों लड़कों का दिल धक् से रह जाता। रंग-रूप तो कम्बख्त ने पहले ही माँ का पाया था। सन् चालीस में जब वह नीला सूट पहन कर निकलती तो लोग शर्तें लगाते कि पूरे ऊड़ी क्षेत्र में उस जैसी खूबसूरत लड़की को ढूंढ कर दिखाओ। एक बार चाचा के साथ लाहौर गई तो उसने अपने कानों से सुना—"भई खूबसूरती तो काफिरों के पास भी लाजवाब है।"

सन्तोष ने अभी कपड़े धोने का काम खत्म किया था कि निम्मो ने गुसलखाने में झाँका, "लाइए कपड़े छत पर डाल दूं।"

"देखो निम्मो, जब पढ़ रही हो तो काम के लिए उठने की कोई जरूरत नहीं।" निम्मों मुँह लटकाये चुपचाप अन्दर चली गई।

सन्तोष ने अभी छत पर बाल्टी रखी ही थी कि ठप्प से एक रोड़ा, जिस पर कागज लिपटा था, छत पर गिरा। फेंकने वाला जैसे बाल्टी की आवाज का इन्तजार ही कर रहा था। सन्तोष सूखने के लिए कपड़े डालना भूल गई। रोड़ा हाथ में लिये उसने अपने को रोंस पर ढेर हो जाने दिया। दिल की धड़कन और 'शाने पंजाब' की स्पीड में कोई फर्क न रहा।

कागज खोला। पढ़ा। काटो तो बदन में खून नहीं। खसमानु-खानी—मर जाये भूतनी कहीं की। इस निम्मो घड़िम्मों पर नई जवानी चढ़ी है। यह चुड़ैल पूरे खानदान पर कालिख पोत कर जायेगी। आग

लगे ऐसी जवानी को जो पूरे खानदान को अपमान के अन्धे कुँए में फेंक दे। कल को किस मुँह से हम अपनी बिरादरी में अपनी बच्ची का रिश्ता ढूँढने निकलेंगे ? (हालाँकि उसके यहाँ अभी कोई बच्चा नहीं था) सभी कहेंगे कि वही लड़की है न जिसकी भुआ पड़ोसी के साथ भाग गई थी।

पता नहीं कब से चल रहा है यह सब और मुझे खबर तक नहीं। अड़िए निम्मो एक बार मुँह से कुछ फूटती तो···। भरजाई ही समझा न उसने आखिर···माँ नहीं···पेट से नहीं जन्मी तो क्या ? माँ की तरह पाला है। दुख-सुख में प्यार की छाया दी है। उसकी साँस के साथ साँस ली है फिर भी उसने पराया समझा। और पिछवाड़े वालों का इन्द्रजीत मोया कैसा शरीफजादा बनता है। जहाँ भी मिलता है 'भरजाई जी, सासरीकाल' जरूर कहता है। इन दफा होने मिलटरी वालों को सरकार दो महीने की छुट्‌टी इसलिए देती है कि छुट्‌टे साँड़ की तरह पड़ौसियों की बगिया में मुँह मारते फिरें।

उसे कुछ समझ नहीं आ रहा था। आखिर करे तो करे क्या ? क्यों न अभी इन्द्रजीत की माँ को जा खरी-खरी सुनावे। पता चले उसको कि उसका सपूत क्या-क्या गुल खिला रहा है।···लेकिन इससे होगा क्या ? बदनामी अपनी होगी। लड़की वालों को बहुत कुछ बरदाश्त करना पड़ता है—वह अपने मुंह से तिल कहेगी लोग पहाड़ बना देंगे। वह पत्र की बात उठायेगी, लोग गर्भ गिरा आने तक की कल्पना पर पहुँचेंगे।

उसने समझदारी से काम लिया। हालात के धुएँ का गोला उसने अपने भीतर उतार लिया। मंगल से सलाह की (टीनू को छोटा समझा जाता था और घर के ऐसे मामलात में उसकी सलाह जरूरी नहीं समझी जाती थी) और अगले दिन इन्द्रजीत को घर बुला लिया। उसी दिन शाम को मंगल ने इन्द्रजीत की चाची विद्यावती से रिश्ते की बात पक्की कर दी।

छुट्‌टी खत्म होने से पहले इन्द्रजीत का विवाह निम्मो से कर दिया गया।

उन दिनों प्रकाश सिंह बादल पंजाब के चीफ मिनिस्टर थे। उनकी छवि कुछ आज की छवि से भिन्न थी। वे तब न तो दाढ़ी खुली छोड़ते

थे न ही आज जैसे उत्तेजक भाषण देते थे, जो कि शायद उनके राजनैतिक स्टैंड की मजबूरी है। हिन्दू-सिखों के आपसी सम्बन्धों में कहीं एक दरार तक नहीं थी। यों यह सम्बन्ध छियासी तक भी बहुत झकझोरे जाने के बावजूद काफी हद तक नार्मल है। लेकिन फिर भी उन पर कहीं न कहीं एक संदेह की छाया डोल रही है। भिण्डरावाले ने अभी सिखी का जलाल उठाया नहीं था, लिहाजा हिन्दुओं में इसकी प्रतिक्रिया भी नहीं थी। हिन्दुओं का सिखों से वैवाहिक सम्बन्ध बहुत सामान्य लिया जाता है। स्वयं इन्द्रजीत सिंह के चाचा-चाची हिन्दू थे। बे-औलाद होने पर उन्होंने बड़े भाई गुरमुखसिंह के दूसरे लड़के को गोद लिया और गुरू घर में श्रद्धा होने के कारण उसे सिख बनाया।

निम्मो की खुशी के लिए सन्तोष ने क्या कुछ नहीं किया। जहाँ उसने चाहा वहीं उसकी शादी की और अपनी बिसात से बाहर जाकर की। बार-बार यही दिमाग में आता था कि कोई यह न कहे कि माँ मर गई तो किसी ने चाव न पूरे किये। लेकिन किस्मत की मार के आगे वह भी क्या करती। जून चौरासी में ब्ल्यू स्टार आपरेशन हुआ। पंजाब अन्धे कर्फ्यू के हवाले कर दिया गया। प्रेस सेन्सर काँच की अपारदर्शी दीवार बना जिससे आप कान लगाकर भी एक दिल दहला देने वाली चीख तक नहीं सुन सकते थे।

सैनिक छावनियों में खबरें प्रेतकथा की तरह पहुँच रही थीं। 8 जून को इन्द्रजीत गंगा नगर की लालगढ़ छावनी में था। उसने सुना—भारतीय फौज ने हरिमंदिर साहब में टैंक चढ़ा दिया। उसने सुना—अकालतख्त और दरबार साहब तहस-नहस कर दिये गये। आनंदपुर साहब में गोला-बारी हुई। तरनतारन का गुरुद्वारा उड़ा दिया गया। उसने यह भी सुना कि गाँवों में सिखों की आबरू को कीचड़ में लथपथ किया गया। सिख नौजवानों को चुन-चुन कर मारा जा रहा है। बेशक इन खबरों में अतिरंजना थी, लेकिन उनके पास इसे जाँचने का कोई मीटर न था। उसके दिमाग में अरदास की एक सतर बज रही थी "सीस दित्ते, बंद-बंद कटाये, खोपड़ियाँ लुहाइयाँ, चरखियाँ ते चढ़े, आरियाँ नाल चिराये गये धरम नहीं हारिया।"

इन्द्रजीत बेशक रोज पाठ नहीं करता था। गुरुद्वारे भी रोज नहीं जाता था, लेकिन प्रोफेसर दर्शनसिंह का कीर्तन उसे अच्छा लगता था। उसे पता नहीं था लेकिन उसके भीतर छिपी हुई काई गहरी चीज थी। इसे शायद संस्कार कहते हैं। उसे लगा कि वह चीज हिल गई है। उसके हिल जाने से कोई सन्तुलन नहीं बन रहा। उसके हिल जाने से सैनिक अनुशासन की दीवार भी लद-सी गिरती चली गई। उसके सामने दो फौजी गाड़ियाँ पंजाब की ओर जाने के लिए निकल पड़ीं। सोचने में एक पल भी ज़ाया किये वह उनमें से एक में सवार हो गया। मार्च 1857 में बैरकपुर छावनी में गाय की चर्बी लगे कारतूस दिये गये थे। इन्हें मुँह से काटना पड़ता था और लोगों ने उसके इस्तेमाल से इनकार कर दिया था।

इन्द्रजीत अपने साथियों के साथ पकड़ लिया गया और जोधपुर जेल में डाल दिया गया। यह सब उसने अपनी एक चिट्ठी में सन्तोष को लिखा। तोषी समझ नहीं पाई कि उसने ठीक किया या गलत।

वह इस गुत्थी को खोलना चाहती तो उसका सिर दर्द करने लगता, लेकिन यह जरूर चाहती थी कि उसे जल्दी छोड़ दिया जाये ताकि वह निम्मो और अपने दो बच्चे को सँभाले। क्योंकि निम्मो ने जालंधर आने के प्रस्ताव पर साफ इंकार कर दिया था। अब उसकी खूबसूरती पर एक कलौंस-सी आ गयी थी। चेहरे पर एक ऐसी छाया थी जिसे गर्दिश बुन लेती है।

अविनाश जब घर पहुँचा तो सन्तोष भाभी गुसलखाने में पेटीकोट-ब्लाउज पहने कपड़े धो रही थीं। अविनाश सीधा कमरे में चला गया और पंखा चला लिया। उसने जेब से रूमाल निकाल पसीना पोंछना चाहा लेकिन रूमाल से पसीने की आती हुई गंध सूँघते ही वापिस जेब में डाल लिया। उसे लगा कि उसका कुछ भी नियमित नहीं है। कभी हो भी पायेगा, इसमें उसे सन्देह था।

भाभी पेटीकोट-ब्लाउज में ही उसके लिए एक गिलास पानी लेकर आ गई। इससे पहले ऐसा नहीं होता था। एक बार अविनाश ने उन्हें घर में पेटीकोट-ब्लाउज पहनकर घूमने से मना कर दिया था। तब से

अगर उनके पेटीकोट-ब्लाउज पहने होने पर वह घर में आ जाता तो वे पिछले कमरे की तरफ भागतीं और साड़ी लपेटकर ही अविनाश को नमस्ते का जवाब देतीं।

उस दिन वे अधिक परेशान नज़र आ रही थीं और क्या करना चाहिए का भाव भूल गई थीं।

पानी का गिलास अविनाश को देकर उन्होंने कहा, "टीनू को पुलिस पकड़कर ले गयी।"

इतना कहते ही उनकी आँखों से आँसुओं की धारा बहने लगी।

अविनाश ने उनका हाथ पकड़कर सोफे पर बिठा दिया और जो पानी उसके लिए लाया गया था, उसने भाभी को दे दिया।

"कब ?"

"कल !"

"लेकिन क्यों ?"

"वह दो-तीन लड़कों के साथ देवी तलाब घूमने गया था।"

"इसमें पुलिस को क्या ऐतराज···?"

"वह पिछले कुछ दिनों से शिव सेना में चला गया है।

"ओह ! तो यह बात है।"

"मंगल जमानत वगैरा के लिए गए क्या ?"

"कल से भटक रहे हैं, लेकिन कोई नहीं सुनता।···कल रात को साढ़े ग्यारह बजे घर आए। आज भी सुबह से गए हैं बगैर नाश्ता किए।"

"बाकी लड़के ?"

"एक तो सुरेश है, इसके साथ ही पढ़ता था। उसका बाप भी टक्करें मार रहा है।"

"आपने कुछ खाया या नहीं ? उसे अचानक ख्याल आया।"

"तुम्हारे भाई साहब जब नाश्ता ही नहीं कर गए और टीनू भी भूखा बैठा होगा, तो मुझे भूख कैसे लगती।"

"खाली पेट कपड़े धोये जा रही हैं फटाफट्।"

"अकेले खाने को मन करता है भला ?"

"ऐसा करते हैं पहले मैं अभी कुछ ले आता हूँ बाजार से। मुझे भी भूख लगी है।"

"नहीं घर में ही कुछ बना लेती हूँ।"

"उसमें वक्त लगेगा। आप चाय का पानी रख दें।"

अविनाश ने नुक्कड़ की दुकान से पकौड़े खरीदे और एक दुकान से डबल रोटी। रास्ते में वह यही सोचता रहा कि यदि बी० ए० करने के बाद टीनू को नौकरी मिल गई होती तो क्या तब भी उसने शिव सेना जायन की होती? उसे सहसा हरपाल की याद आई। हरपाल को भी अभी तक काम नहीं मिला। हो सकता है उसे सिख स्टूडेंट फेडरेशन या दमदमी टकसाल का चुम्बक अपनी तरफ खींच ले या खींच चुका हो। हमारे वक्त में सांप्रदायिकता की आग क्या इतनी तेज है कि इससे बचना कतई मुश्किल होता चला जाएगा? टीनू और हरपाल की जीवनधारा को इस आग से बचाया नहीं जा सकता? वे कौन-सी चीजें हैं जो टीनुओं और हरपालों को इस अन्धी नदी में झोंक रही हैं? यह आग जितनी नुकसानदेह एक वर्ग के लिए है उतनी ही दूसरे वर्ग के लिए, क्या जनता इसे समझ नहीं रही?

अविनाश के घर लौटने तक भाभी साड़ी पहन चुकी थीं। रसोई में चाय का पानी खौल रहा था। अविनाश ने दो प्लेटें लेकर पकौड़े और डबलरोटी के पीस रख दिए।

"आज कपड़े धोने का शाम का वक्त क्यों चुना आपने?"

"पूरा दिन न तो पानी होता है न ही मरी बिजली। समझ नहीं आता कारखानों में काम कैसे चलता होगा? काम नहीं चलेगा तो मजदूर खाएँगे क्या?"

"उनकी चिन्ता किसे है? जियें-मरें जैसे भी रहें कौन पूछता है?"

"सरकार बिजली का कुछ करती क्यों नहीं? मोटे-मोटे बिल भेजने को शेर हैं लेकिन पूरा दिन गर्मी में सड़ते रहो उसका कुछ नहीं।"

"भई, सरकार बिजी है पंजाब समस्या में। हमें शर्म आनी चाहिए ऐसी छोटी-छोटी समस्याएँ सरकार के सामने रखते हुए। कम-से-कम 'देश की एकता और अखण्डता' का ध्यान रखा जाए।"

भाभी अविनाश की इस टोन को पहचानती थीं। उन्होंने पूछा, "और पंजाब-समस्या का क्या हो रहा है जनाब ?"

"उग्रवाद इस समय विश्व-समस्या बनी हुई है। स्थिति गम्भीर है लेकिन नियन्त्रण में है।"

"पूरे लीडर हो गये हो।"

"गाली मत दो भाभी।···हिन्दुस्तान का पढ़ा-लिखा समझदार सिर्फ क्लर्क बन सकता है। लीडर होने के लिए आजकल गुण्डागर्दी जरूरी है।"

"लाली कह रही थी कि पुलिस बड़ी बेरहमी से पीटती है। फिर पंजाब पुलिस तो खसमानुखानी वैसे भी उग्रवादियों के साथ मिली हुई है।···मुझे तो टीनू के बारे में सोचकर बहुत डर लग रहा है।"

टीनू की याद आते ही भाभी संजीदा हो गईं।

अविनाश अपने डर के बारे में सोचने लगा। उसने उस दिन सुबह एक पाँच साल के बच्चे को स्कूल जाते हुए गातरा पहने देखा था। उसे याद आया जिन दिनों वह खालसा कालेज में पढ़ता था उन दिनों उसका कोई भी सिख दोस्त पूरी दाढ़ी नहीं रखता था।

उसे महँगाई से डर लगता था। उसे बहुएँ जला देने वाले और दहेज खा लेने वाले सभ्य राक्षसों से डर लगता था। वह मन्त्रियों के बयानों से डरता था। वह दंगों से बहुत भयभीत था। शिवसेना और दमदमी टकसाल उसे डराते थे। उसे मौलवियों, ब्राह्मणों, ग्रन्थियों और पादरियों से डर लगता था। उसे ज्योतिषियों, साँपों और जहालत से भरी बूढ़ी औरतों से डर लगता था। वह अमेरिका और रूस द्वारा तैयार की जा रही बारूद की फसल से भयभीत था। आरक्षण के कोटे से वह डरता था। दफ्तर में अपने तथा अपने सहयोगी कर्मचारियों पर अनुशासन के नाम पर दिया जाने वाला धीमा जहर उसे डराता था। उसे उन कारों से डर लगता था जो सड़क पर चलते हुए इतनी धूल उड़ाती हैं कि उस धूल से आसपास की झोंपड़ियाँ भर जाती हैं। उसे मौत उतना भयभीत नहीं कर पाई जितना कि कचहरियों में इन्साफ के लिए तारीखें सुनती जिन्दगियाँ।

कल ही बरियाम उससे कह रहा था कि "इस वक्त हर आदमी

नोचने-खसोटने में लगा है। मेरा दिल सुबह बस पकड़कर आफिस आने से शुरू होता है। बस में यहाँ तक कि टिकट तीन रुपये पैंसठ पैसे की है। यदि कंडक्टर को मैं पाँच का नोट देता हूँ तो वह मुझे एक रुपया वापिस करता है और उसका बोलचाल ठीक रहता है। यदि छुट्टे देने हों तो वह कभी पैंसठ पैसे नहीं माँगता। कहता है निकालो छुट्टे पचहतर पैसे। पूरे पैसे देने पर इस तरह मेरी ओर देखता जैसे मैं कोई कुख्यात अपराधी हूँ। मैं उसे तभी शरीफ नजर आता हूँ जब पाँच का नोट उसे दूँ और बाकी रुपया लेकर सन्तुष्ट हो आऊँ।···पूरे दिन का सफर इसी तरह कटता है। बाजार खरीददारी के लिए निकलें तो दुकानदार चाहते हैं कि हमारे कपड़े भी उतार लें।···तुम्हारा बटुआ निकल जाए तो जरा पुलिस वालों के पास जाओ और कहो कि रिपोर्ट दर्ज कर लें···वे तुम्हें कच्चा खा जाने वाली नजरों से देखेंगे।···कभी-कभी तो मुझे लगता है कि मैं खुद को इस कीचड़ में लथपथ होने से बचा नहीं सकता···कोई तुम्हारे कमरे का रास्ता भी पूछे तो मुझे कहना चाहिए कि कुछ हथेली पर गिराओ, नहीं तो चढ़ते-उतरते रहो सीढ़ियाँ···। फिर अगर वह आदमी उतरते वक्त हाँफता हुआ मिल जाए तो कहूँ कि मुझे क्या मालूम था भैया, तुम अविनाश बाबू के कमरे को पूछ रहे थे ? मैं तो समझा कि विनाश का रास्ता पूछ रहे हो ?" कहकर हो-हो करता हँस दिया।

जवाब में अविनाश हँस तो नहीं सका लेकिन मुस्कराकर रह गया।···उस मुस्कराहट में जहर था। घटिया ढाँचे में पनप रही धूर्तों, बेईमानों की और आदमखोरों की फसल का ज़हर। इस घुटन में साँस लेने वालों में से शायद ही किसी के पास इस ज़हर का काट हो।

रात के पर्दे शहर पर गिर चुके थे।

"अच्छा भाभी, मैं चलता हूँ। मंगल का अभी कुछ पता नहीं कब घर लौटे।"

"रुक जाओ, अभी जल्दी क्या है। तुम्हारी कौन-सी घर में लाल चूड़े वाली बैठी है।" उन्होंने मजाक में कहा लेकिन अविनाश ने मजाक को छूने न दिया और कहा, "कल सुबह चक्कर लगाऊँगा। अब चलता हूँ।"

"खाना खाए बिना तो जाने पाओगे नहीं।"

भाभी के ऐसा कहने का मतलब था कि अब टस से मस नहीं। अविनाश उनके अधिकार-क्षेत्र को जानता था। उसने सैंडिल का बक्कल खोलना शुरू कर दिया।

"यह हुई न बात। मैं आलू की सब्जी बना लेती हूँ फटाफट।··· अगर जाने की जल्दी नहीं तो मांह की दाल बन सकती है।"

"आप बेशक मांह बनाइए। अब तो मंगल से मिले बिना हिलूंगा नहीं।" अविनाश ने टू-इन वन पर रेशमा की कैसट चढ़ायी और सोफे पर पसर गया।

अविनाश को ख्याल आया कि उसने सिल्की को अभी तक देखा नहीं। अब तक तो वह पाँच चक्कर लगा चुकी होती। कहीं वह बीमार तो नहीं पड़ गई।

मंगल के सामने वाले घर में मौसी इकबाल कौर की रहने वाली पोती का नाम है सिल्की। चार साल की वह चपला अविनाश का सिर खा जाती। उससे सिरखपाई में उसे मजा आता। आते ही लपककर अविनाश की गोदी में बैठ जाती या कमरे की तमाम चीजें उथल-पुथल कर देती। भाभी भी उसे झिड़कती नहीं। ज्यादा से ज्यादा किसी टूटने वाली चीज को देखकर कह देती, "न सिल्की टुटू हो जाएगा।" सिल्की की प्रतिध्वनि होती, "टुटू हो जाएगा?"

"हाँ, टुटू हो जाएगा। हौवा पकड़ लेगा?"

"हौवा पकल लेगा?"

"हाँ, पकल लेगा और खा जाएगा।"

"खा जायेगा?"

"हाँ, खा जाएगा।"

फिर सिल्की उस टूट जाने वाली चीज को यथावत रख देती और पूछती, "अब तो हौवा नहीं पकलेगा न?"

"हाँ, नई पकलेगा।"

"नई खाएगा न?"

"नई खाएगा।"

भाभी के दाल गैस पर रख आने पर अविनाश ने पूछा, "क्या बात

है, आज सिल्की नहीं दीख पड़ती ?"

"कुछ पूछो नहीं। जब से टीनू ने त्रिशूल पहना है, मौसी इकबाल कौर के परिवार ने हमसे जैसे रिश्ता ही तोड़ लिया। अब वे न तो सीधे मुँह बात करती हैं न इधर आती-जाती हैं।...एक-दो बार सिल्की को इधर आते हुए मैंने खुद देखा है, लेकिन पीछे से मौसी ने आवाज दे दी, 'ओधर नईं जाणा।'...मेरा जी करता है कि एक दिन सिल्की इधर छिपकर ही आ जाए। उसे अच्छी तरह चूम लूँ।...मौसी का बैर-विरोध हमारे साथ है तो बेशक निकालें। उस मासूम बच्ची पर क्यों अत्याचार करती हैं ?"

अविनाश भाभी की समझ के धुँधलेपन पर बात करना चाहता था लेकिन इसका मौका नहीं मिला।

दरवाजे पर दस्तक हुई। भाभी उठकर चली गईं। दरवाजा खोला। मंगल आ गया था जाने कहाँ-कहाँ के धक्के खाकर। भाभी ने आँगन में ही बता दिया कि अन्दर अविनाश इन्तजार कर रहा है। टीनू के बारे में वे चेहरा देखकर ही समझ गई होंगी इसलिए कुछ कहा नहीं।

"बहुत दिन बाद आए तुम।" मंगल ने जफ्फी डालकर कहा।

"आए कहाँ, मैंने बुलवा भेजा था।" भाभी ने मंगल को पानी देते हुए शिकायती नजरों से अविनाश की तरफ देखा।

"टीनू से मिले ?" खाली गिलास लेकर उन्होंने मंगल से पूछा।

"हाँ। खाना खिलाकर आया हूँ।"

"उसे छोड़ने के बारे में बात हुई ?" अविनाश ने पूछा।

"डी० एस० पी० तो मान गए थे लेकिन छोड़ने से पहले उन्हें डी० सी० से बात करना जरूरी लगता था। डी० सी० गवर्नर की विजिट के चक्कर में लगे हैं। कल छुटकारा हो जाएगा। शर्मा ने बहुत मदद की। साथ ही घूमता रहा सारा दिन, उसकी एप्रोच भी अच्छी है। अंग्रेजी भी अच्छी बोल लेता है।"

अविनाश दो चीजों के बारे में सोचने लगा एक यह कि हमें गुलामी का जुआ उतारकर फेंके हुए उनतालीस साल हो गए हैं लेकिन आज भी उसी को प्रभावशाली माना जा रहा है जो अच्छी अंग्रेजी बोल लेता है।

बरियाम का कहना था कि "देश के प्रधानमन्त्री अपने मन्त्रालय में उन लोगों को ज्यादा पसंद करते हैं जो अच्छी अंग्रेजी बोल लेते हैं। यही हाल रहा तो आने वाले दिनों में मन्त्री होने के लिए आवश्यक हो जाएगा कि वह दून स्कूल का विद्यार्थी रहा हो।"

उसे खुद अपना किस्सा याद आया जब एक बार वह हिन्दी प्रवक्ता की नौकरी के लिए साक्षात्कार देने गया था। बोर्ड के अधिकारी उससे सभी प्रश्न अंग्रेजी में पूछ रहे थे। वह उत्तर हिन्दी में देता रहा। इसे उसकी 'कमअक्ली' और 'बदतमीजी' दोनों समझी गई, जैसा कि बोर्ड के एक अधिकारी ने कुछ वर्षों बाद एक मैरिज पार्टी में ह्विस्की गले में उड़ेलते हुए उसे बताया। अगला पैग ढालते हुए उन्होंने कहा था, "इन्टरव्यूज़ में हिन्दी बोलने वाला केंडीडेट पूअर एपियरेंस देता है।...एकदम यतीम के माफिक।...ऐसे गांडू लोग सिर्फ आयुर्वेदिक दवाओं के नाम लिखने के काम आ सकते हैं।"

उसका जी चाहा था कि उसे टाई से पकड़कर घूँसे जमाए, नहीं तो टाँगों से पकड़कर घसीटना शुरू कर दे लेकिन पड़ोसी का मेहमान होने का ख्याल आया, और वह मुट्ठियाँ भींचकर रह गया।

दूसरी बात जो वह सोच रहा था, यह कि बाइ द वे अगर कहीं उसे पुलिस ऐसे किसी जुर्म में बिलावजह गिरफ्तार कर लेती है, तो उसका क्या होगा ? उस जैसा कोई भी आदमी, जिसकी उच्च अधिकारियों तक न कोई जान-पहचान है, न दे सकने के लिए धन, पुलिस के शिकंजे से छूटने के लिए क्या कर सकता है ? किसको आवाज दे सकता है ?

मंगल ने मुँह-हाथ धो लिया था और कपड़े बदल लिये थे।

"तौबा ! कितनी गर्मी है ?" उसने कहा।

"हाँ।"

"तुम देख लेना अविनाश, पंजाब में हिन्दुओं का रहना दूभर हो जाएगा।" आराम से पसरते हुए उसने कहा।

"नहीं, ऐसी बात तो नहीं है।"

"कमाल करते हो यार। तुम किताबों में खोए रहते हो या कुछ सुध-बुध भी रखते हो ?"

"........."

"पंजाब ही क्या मैं तो यह मानता हूँ कि पूरे हिन्दुस्तान में हिन्दुओं से ज्यादा उपेक्षित तबका कोई नहीं होगा। दुनिया में शायद ही ऐसी मिसाल होगी कि अल्पसंख्या वाले अल्पसंख्या-अल्पसंख्या का कीर्तन करते-करते बहुसंख्यक की छाती पर सवार हो जाएँ।···तुम मुसलमानों की स्थिति पर गौर करो। सैंतालीस में पता चल गया कि हमारा-उनका अब एक साथ गुजारा नहीं होगा। देश के टुकड़े किए गए। पाकिस्तान बना दिया गया। जब पाकिस्तान बन गया तो सभी मुसलमान अपना डंडा-डेरा उठाकर वहाँ क्यों न चले गए? वे फिर हमारी छाती पर सवार हैं, बेतहाशा आबादी बढ़ा रहे हैं। क्या आने वाले सालों में हम उन्हें एक और पाकिस्तान काट कर देने के लिए तैयार हो सकते हैं? उन्हें कहें कि भैया हम तो 'हम दो हमारे दो' का ख्याल करते रहे हैं, लेकिन तुमने जो चार-चार बीवियों और सोलह बच्चों को जन्म देने से शरह से इजाजत लेकर नेकख्याली की है। उसके एवज में हम तुम्हें इधर अलीगढ़ और कश्मीर का इलाका खुश होकर दे रहे हैं। अल्ला मियाँ तुम्हारा इकबाल बुलन्द करें। हैदराबाद और गाजियाबाद भी पाने की तैयारी करो···।"

"........."

मंगल ने उठकर सिगरेट सुलगाई और लम्बा कश लेकर कहा, "तुम टीनू का शिवसेना में जाना गलत समझते हो न?"

"हाँ, मुझे लगता है कि इससे···"

"मुझे भी पहले ऐसा ही लगता था कि इससे सांप्रदायिक तनाव बढ़ेंगे। पर यह गलत है, मेरे प्यारे। बिल्कुल गलत। मुसलमान अपने को मुसलमान कहने में फक्र समझता है। सिख अपने को सिख कहने में गौरव समझता है, लेकिन हिन्दू अपने को हिन्दू कहने में हिचकता है। उसे अपने को हिन्दू कहने में शर्म लगती है। क्यों? क्योंकि खुद को हिन्दू कहने मात्र से ही वह फिरकापरस्त समझा जाता है। पाकिस्तान में हिन्दू महासभा की कल्पना भी नहीं की जा सकती, जबकि हिन्दुस्तान में मुस्लिम लीग पाँव जमा रही है। हिन्दुओं को अपनी सहनशीलता और विशाल-

हृदयता का यही सिला मिला कि आज आप जैसे प्रगतिशील उसे जुर्म के कठघरे में खड़ा कर रहे हैं। वह जिन्दा रहने का, आत्मरक्षा का अधिकार भी माँगे तो साम्प्रदायिक है।…अगर हिन्दू समाज बड़ा लिबरल रहा है तो इसका मतलब यह तो नहीं कि सभी उसी की गर्दन नापते चले जाएँ।"

"तुम किस तरह हिन्दू को दूसरों से ज्यादा दबा हुआ देखते हो ?"

"इसके मेरे पास ठोस सबूत हैं और सबूतों के बगैर मैं बात नहीं करता। सुनो।…कश्मीर सरकार अपने यहाँ मुसलमानों को हिन्दुओं की अपेक्षा नौकरी के ज्यादह मौके दे रही है तो यह नाजायज नहीं है।…चुना तो इस सरकार को हिन्दू-सिखों सभी ने था फिर यह 'सरकार' न होकर 'पंथक सरकार' क्यों हो गई ? पंथक सरकार अपने को पंथक सरकार कहती है तो यह नाजायज नहीं है।…मंत्रियों में एक भी हिन्दू मन्त्री का चेहरा नज़र आता है तुम्हें ?…मार्किट कमेटियों के पदों के लिए मनोनीत किए गए कितने मेम्बर हिन्दू हैं ? एक भी हिन्दू लिया गया हो तो शर्त बाँध लो। सिखों ने आज तक कभी साफ दिल से उग्रवाद की निन्दा की है ? इतने बेकसूर और मासूम हिन्दू मौत के घाट उतारे जा रहे हैं…यदि सिख नैतिक तौर पर इस बतीरे को गैर-इन्सानी समझते हैं तो इसके विरुद्ध गुरुद्वारों से हुक्मनामा क्यों नहीं जारी किया जाता ?" मंगल ने सिगरेट का टुकड़ा गिलास में फेंक दिया और उठकर नई सिगरेट सुलगा ली।

"……"

"अपनी पुलिस को जानते हो भाई। इनका एक ही काम रहा है। जहाँ कहीं लड़ाई हो रही हो मजे से होने देते हैं। लड़ाई के बाद पहुँच जाएँगे। चार जूते एक को लगाएँगे। चार दूसरे को। दो सौ एक से वसूल करेंगे, दो सौ दूसरे से। मूंछों को ताव देंगे और जाकर वर्दी पर पीतल के काम को चमकाना शुरू कर देंगे।…ऐसी पुलिस उग्रवादियों का मुकाबला कर ही नहीं सकती…करती भी नहीं। कभी पाँव के नीचे बटेर आ जाने की तरह उनके हाथों एक-दो उग्रवादी मार दिए जाते हैं तो शोर मच जाता है। मन्त्री तक बयान देने लगते हैं कि फलाँ कारंवाई

बिल्कुल गलत और नाजायज थी। बरनाला खुद एक तरफ गुरुद्वारे में जूते साफ करते हैं। यह किस तरह के राजनैतिक दाँवपेंच हैं ?" भाभी ने आकर पूछा, "खाना तैयार है। मेज पर खाएँगे या फर्श पर ?"

"मुझे तो फर्श पर बैठ कर ही अच्छा लगता है। अविनाश से पूछ लो।"

"फर्श पर ही बैठेंगे।"

भाभी ने एक कोने में दरी बिछा दी और प्लेटें लगानी शुरू कर दीं।

मंगल ने कटे हुए प्याज पर नींबू निचोड़ कर कहा, "तुम अखबारात देखते रहे हो। बीसियों बार रिपोर्ट आ चुकी है कि पाकिस्तान से प्रशिक्षण प्राप्त करके उग्रवादी चुपचाप सीमा पार कर आते हैं और पंजाब में तहस-नहस मचा देते हैं। इसके इलावा तस्करी का कितना बड़ा बाजार इस बार्डर से चल रहा है जिसकी कल्पना नहीं की जा सकती। एकाध अखबार ने तो दबे-चुपके तस्करी में किसी नेता का हाथ होने की बात भी कही थी।···चाहो तो दाल में नींबू डाल लो···।"

"नहीं···चलेगा···।"

"अच्छा तो मैं कह रहा था कि बार्डर सील कर देने के लिए इतनी बार बात उठाई जा चुकी है, इतना शोर मचा है, लेकिन सरकार के कानों पर जूं तक नहीं रेंगती। सरकार इतना भी हिफाजत का कदम उठाने को तैयार नहीं।···और आये दिन मासूम और बेगुनाह लोगों को मौत के घाट उतारा जा रहा है।···सरकार कर क्या रही है ? लाशों का हिसाब लगा रही है ? सरकार की खामोशी से लगता है कि मौत के इस घिनौने खेल में उसे कुछ भी लेना-देना नहीं···नेतागण आएँगे, बयान जारी करेंगे एकता और अखण्डता का और चल देंगे।"

अविनाश ने भाभी को भी साथ खाने के लिए बुला लिया। चपातियाँ पर्याप्त मात्रा में सेकीं जा चुकी थीं। उन्होंने रसोई की कुण्डी चढ़ा दी। तौलिया से पसीना पोंछा और साथ आ बैठीं।

मंगल लबालब भरा हुआ था। जैसे बहुत दिनों बाद कोई दिल की सुनने वाला मिला हो। अपनी बात का छूटा सूत्र हाथ में लेते हुए उसने कहा, "हजारों हिन्दू उजड़कर चले गए हैं। अच्छे-भले खाते-पीते लोग

आज शरणार्थी बन गए हैं। उनसे ये लीडर गले में पल्लू डालकर कहते हैं, 'अपने-अपने घरों को वापिस चले ज़ाइए।"···दाल का एक सुड़का मारकर उसने कहा—"उनका जवाब होता है—'कहाँ चले जाएँ। उन इलाकों में भेज रहे हैं आप जहाँ आप खुद बन्दूकधारियों के लश्कर के बिना नहीं जा सकते।'···घर से बेघर होने का किसी को शौक नहीं होता। न ही हम यहाँ पिकनिक मनाने के लिए निकल आए हैं। हमारे जान-माल की सुरक्षा हो तो हम आज ही चले जाते हैं।···पानी दो।"

पानी पीकर उसने सवाल किया, "गोलियों के सामने संगीनों के साये में जीना आसान होता है ?"

अविनाश टुकुर-टुकुर देखता रहा। यह सवाल उसका अपना दंश था।

"तुम्हारा काम-काज कैसा चल रहा है ?" अविनाश ने पूछा। वह उसकी साम्प्रदायिक कोण से की गई बातों को खदेड़ना चाहता था, लेकिन उसे लगा कि यह वक्त उन बातों का नहीं। फिर कभी जमकर बात करेगा।

"काम क्या हो सकता है ऐसे में ? पंजाब जितना खुशहाल था उतना ही बदहाल होता जा रहा है। जो लोग मोटे हैं वे हरियाणा या दिल्ली में अपने सेल बनाते जा रहे हैं। मोनिका सिल्क सेंटर वालों ने दिल्ली में शोरूम ले लिया है। बड़े लड़के को वहाँ भेज दिया है। प्रवीण इम्पोरियम वालों ने अम्बाला में एक दुकान ले ली है। फैंसी शू वालों की बात सहारनपुर में चल रही है। वे मोटे लोग हैं उनके लिए सब कुछ मुमकिन है···हम इस तरह फँसे हैं कि ऐसा सोच भी नहीं सकते···फिर भागें क्यों ? हमारा क्या जालन्धर के साथ कोई रिश्ता नहीं रहा ? सब कुछ कैसे खत्म हो सकता है ?"

"भागने के हालात वैसे भी ठीक नहीं। न ही वैसे हालात हैं।"

"हालात कैसे नहीं हैं ? खालिस्तान का नाम रख दिया गया है तो यह बनकर ही रहेगा। अमेरिका जैसी शक्तियाँ चुपचाप किसी भी देश में कुछ करवा सकती हैं।···पाकिस्तान पूरा शेल्टर दे रहा है।··· बाइ दवे मैं पूछता हूँ कि आज खालिस्तान नहीं होने पर भी क्या

खालिस्तान जैसे हालात नहीं हैं। हिन्दुओं को नौकरियाँ नहीं मिल रहीं··· आने वाले दिनों में और भी बुरा हाल होगा···कालिजों में डाक्टरी वगैरा के लिए एडमिशन में भी फिरकापरस्ती चलेगी।···आज जिसे जहाँ जी चाहे मारा जा सकता है। यह क्या जीने के हालात हैं? यह हिटलिस्टों की परंपरा···बसों से खींचकर चुनकर हिन्दुओं को मार दिया जाना···ये तमाम चीजें क्या पलायन के बारे में सोचने पर मजबूर नहीं करतीं?"

अविनाश फिर उसे कुछ कहना चाहता था लेकिन मंगल इतना भरा हुआ था कि उसने उस वक्त चुप रहना ही बेहतर समझा। टीनू की गिरफ्तारी और छुड़ाने में आई परेशानी ने शायद उसे और भड़का दिया था। पुलिस का व्यवहार तो अच्छे-भले आस्तिक आदमी को खुदा के होने के बारे में सन्देह से भर देता है।

भाभी अविनाश की प्लेट में चपाती रखने लगी तो अविनाश ने प्लेट पर दोनों हाथ रख दिए।

"कितना कम खाने लगे हो तुम! एक चपाती तो और लो।"

"पेट बिल्कुल भर गया है।"

"यह हाथ कोई चीन की दीवार है।" भाभी ने हाथों के नीचे से एक चपाती प्लेट में छोड़ दी और कहा, "कल को हरदीप तो मुझे ही ताना देगी न कि देवर को कुछ खिलाया नहीं।"

अविनाश मुस्करा दिया।

"तुम कड़ा कब से पहनने लगे?" मंगल ने पूछा।

"नरिन्दर भाभी लाई थी अमृतसर से। हमने पहन लिया।"

"यह नरिन्दर कौन है?"

"आपको तो कुछ पता ही नहीं। हरदीप की भरजाई और कौन।" भाभी ने जवाब दिया।

"चुस्त होता जा रहा है हमारा कबूतर।" मंगल ने अविनाश को थापी देकर कहा।

"जरा यह तो पूछिए इनसे कि मामला पहुँचा कहाँ तक?" भाभी ने मंगल के बहाने अविनाश से पूछा।

"मैं तो काफी दिनों से मिला भी नहीं।" कहते वक्त अविनाश दर्द

से भर गया।

"मुझे तो डर लगता है कि तुम्हारी कछुआ चाल में मामला खटाई में न पड़ जाए।"

अविनाश भला क्या कहता।

"मेरी मानो तो अपनी भाभी को वहाँ भेज दो बात करने के लिए।"

"नहीं। अभी उसकी जरूरत नहीं।" अविनाश मुश्किल से फूटा।

"कमाल के आदमी हो तुम।" मंगल ने कहा लेकिन फिर उसका चेहरा देखकर बात बदल गया।

"आज संगराद है न ?" मंगल ने पूछा।

"हाँ।" सन्तोष भाभी ने कहा।

"करतारो मौसी ने कड़ाह परशाद नहीं भेजा ?"

"नहीं। सभी हमसे कटने लगे हैं जबसे टीनू ने त्रिशूल पहना है।" अविनाश ने देखा मंगल का चेहरा बुझ-सा गया। थोड़ी देर पहले हिन्दुओं के हक में आवाज बुलन्द करने वाला जैसे कोई और था। करतारो मौसी से संगराद के दिन कड़ाह परशाद नहीं आने पर दुःख महसूस करने वाला मंगल कोई और।

रात के साये गहरे होते जा रहे थे।

अविनाश ने विदा लेनी चाही। लेकिन उसे विदा नहीं दी गई। चाय का दौर चला। जाने से पहले भाभी ने वहीं सो जाने के लिए कहा लेकिन अविनाश निकल लिया।

कमरे की ओर जाते वक्त उसके दिमाग में मंगल की बातें गूँजती रहीं। मंगल की चिन्ता का विषय था पंजाब में हिन्दुओं का क्या होगा··· लेकिन वह सांप्रदायिकता के जहर को सांप्रदायिकता से काटना चाहता है···इस काट का मरहम कोई फिरकापरस्त नहीं कर सकता। पंजाब का वास्तविक दर्द क्यों नहीं समझना चाहते लोग ?···गोलियों की आवाजें बहता हुआ खून और लाशें···पंजाब की धरती का चप्पा-चप्पा आग में जल रहा था। सुबह दरवाजे पर गिरने वाला अखबार खून में तर होता।

अपने कमरे में जाते वक्त वह अपने ईश्वर से प्रार्थना करने लगा, 'हे ईश्वर ! कल का दिन मुझे खबरमुक्त कर दो।'

पाँच

अचानक सन्तोष को ख्याल आयो कि उसने अभी तक दूध गर्म नहीं किया। कहीं खराब न हो गया हो। उसने उठना चाहा लेकिन हिम्मत जवाब दे गई। बुखार बढ़ गया था। 'होने दो जो होना है, हम तो पड़े हैं खटिया लेकर' की टोन में उसने अपने को बिस्तर पर गिरा लिया। पहले उसने सोचा कि बचनी को कहे कि बिल्लो को भेज दे। दूध गर्म कर दे और तुलसी डालकर चाय बना दे लेकिन जब से टीनू ने त्रिशूल पहना है बचनी वह बचनी नहीं रही। इकबाल कौर भूल से भी घर में नहीं घुसी। ऐसे में वह बचनी से कुछ भी नहीं कह सकती।

फिर वह सोचने लगी कि अगर बचनी को उसके बुखार का पता चल जाए तब भी क्या वह नहीं आएगी? उसे लगा कि तब उसके लिए रुकना मुश्किल हो जाएगा।

मंगल कुरुक्षेत्र न गया होता तो उसे डाक्टर के पास ले जाता। उसे मंगल के कुरुक्षेत्र जाने की तुक समझ नहीं आई।

पंजाब में आए दिन मासूम लोगों की हत्याएँ हो रही थीं। बसों से चुन-चुनकर हिन्दू मारे जा रहे थे। बैंक लूटे जा रहे थे। पेट्रोल पम्प और व्यापारी लूट लिए जाने की घटनाएँ हो रही थीं। बहुत से हिन्दुओं ने पलायन का रास्ता इख्तियार कर लिया था। कुछ सीमावर्ती इलाकों में गाँव के गाँव हिन्दू आबादी से रिक्त हो गए थे। मंगल भी चाहने लगा था कि जालन्धर से हरियाणा के किसी शहर में या दिल्ली में कूच कर जाए।

मंगल कहता है कि बड़े लोगों के हमेशा मजे रहते हैं। अकाल पड़े या भुखमरी, ओले पड़ें या सूखा, बाढ़ आए या जलजला, जंग छिड़े या

दंगा हो, सब जगह सब हालातों में इनका मुनाफा बढ़ता ही है। कम नहीं होता। पंजाब आग में जल रहा है। उन लोगों के मुनाफे बढ़ रहे हैं जिनके पास लम्बी बाँहें हैं, पैसा है, उन्होंने अपने व्यापार की शाखाएँ दिल्ली में भी मजबूत कर ली हैं। 'मोनिका सिल्क स्टोर' वालों की दिल्ली वाली दुकान भी अच्छी चलने लगी है। इधर हम हैं कि दिल्ली की दुकानों की पगड़ियाँ सुनकर हैरान हो रहे हैं, जैसे ट्रांजिस्टर समझकर हाथ में उठाया हो और वह बम की शक्ल में फट गया हो।

मंगल अपना ठैय्या दिल्ली ले जाने की स्थिति में नहीं था। इसलिए वह चाहता था कि हरियाणा में किसी जगह अपने पाँव जमा सके।

घर छोड़ना आसान होता है क्या ? धरती के जिस टुकड़े ने आपको प्यार दिया हो, धरती के जिन लोगों के बीच आपकी दोस्तियाँ, मजाक और उद्गार पनपे हों, जिसके साथ आपकी तमाम छोटी-बड़ी सफलताएँ-बिफलताएँ जुड़ी हों, वह धरती आपके तन-मन में खुशबू की तरह रच जाती है। आदमी यन्त्र नहीं हो जाता, न पत्थर ही कि सैंतीस साल तक विकसित होते रहे सम्बन्धों के एकदम पार चला जाए। मंगल के जहन में पंजाब छोड़ जाने की बात जोर तो मार रही थी लेकिन अपने शहर के बराबर उसे कोई दूसरा शहर जँचता भी नहीं था।

पिछली बार सन्तोष से कहकर गया था, "अम्बाला हम जैसे तप्पड़-घसियों के लिए ठीक रहेगा। फिर हो सकता है कि कल को हरियाणा की राजधानी भी बन जाए—नहीं भी बने तो हरियाणा के प्रमुख शहरों में रहेगा ही—लगता है कि अब वहीं के लिए दाना-पानी उठेगा।"

और फिर जब दो दिनों तक अम्बाला के बाजारों की खाक छानकर लौट आया तो सन्तोष से कहा—"मुझे लगता है कि वहाँ काम-काज उतना नहीं है। एक तो मेन मार्कीट में कोई ठीक-सी जगह नहीं है, दूसरे ग्राहक की परचेजिंग पावर भी उतनी नहीं है।"

फिर कुछ दिन गुजरे तो मुक्तसर में बसों से खींचकर कुछ हिन्दुओं की हत्या कर दी गई। मंगल कहने लगा कि पंजाब में हिन्दुओं का जीना मुश्किल हो गया है, जितनी जल्दी कोई यहाँ से निकल जाए उतना ही अच्छा। बाद में जेहलम छोड़ने की तरह तीन कपड़ों में भागना पड़ेगा

रातोरात। जैसे मंगल के माँ-बाप भागे थे। जैसे सन्तोष के पिता और चाचा भागे थे घर-बार सब कुछ छोड़कर। जैसे उन तमाम चीजों के प्रति विराग उभर आया हो। करीम बाबा ने खुद ही आकर हाथ जोड़ दिए थे, "खुदा हम पर बहुत खफा है मेरे बच्चो! यह कयामत के दिन भी देखने थे। गलियों में कत्लो-ग़ारत की इंतहा हो चली है। वहशत के इस आलम में कोई किसी की नहीं सुनता। मेरे जिगर के टुकड़ो! कहते हुए मेरा दिल डूबता है। तुम लोगों की हिफाजत अब हमारे बस की नहीं। रहमत तुम लोगों को चौक तक छोड़ आएगा।" और दो बूँद आँसू करीम बाबा की झुर्रियों में अटक गए थे। वे लोग अभी थोड़ी ही दूर निकले थे कि दंगाइयों ने उनके घरों को आग लगा दी। उठती हुई लपटों ने उनके दिल को चीत्कार से भर दिया।

वहाँ से उजड़कर आने पर मंगल के बाप को रोजी-रोटी के लिए कितने पापड़ बेलने पड़े, उसे कहना आसान है, झेलना बहुत मुश्किल। गर्दिश के भयंकर दिनों में उसके पास एक ही सहारा था कड़ी मेहनत का। उसने अथक मेहनत का दामन नहीं छोड़ा। इसी से उसे खड़े होने की जगह मिली।

मुक्तसर काण्ड के तीसरे दिन मंगल कुरुक्षेत्र के लिए तैयार हो गया। सन्तोष ने टोका भी। जब अम्बाला ही अच्छा नहीं लगा तो कुरुक्षेत्र क्या अच्छा लगेगा। जो होगा देखा जाएगा। यहीं जिये हैं यहीं मरेंगे, लेकिन मंगल नहीं माना। पंजाब में हिन्दू अब दूसरे दर्जे का नागरिक होकर रहेगा। यह पंथक सरकार हमारी रक्षा नहीं कर सकती। जो सरकार नौकरियाँ देने में हिन्दू-सिख का भेदभाव करती है, वहाँ और इन्साफ की क्या उम्मीद हो सकती है।

सन्तोष बाथरूम जाने के लिए उठी। सिर दर्द से फटा जा रहा था। टाँगों में हिम्मत बिल्कुल नहीं थी। जैसे बिल्कुल निचुड़ गई हो। दीवारों-दरवाजों का सहारा लेकर गई। निपटने के बाद हाथ धोये और गेट को आधा खोलकर बाहर झाँका। सिल्की गेंद से खेल रही थी। उसकी गुड्डी दूसरी तरफ रखी हुई थी। एक बार अपनी बारी खेलती, एक बार गुड्डी की बारी।

"सिल्की !" आवाज गले से उभरी और ओठों तक आते-आते जब्त हो गई। कहीं इकबाल कौर या उसकी बहू ने सुन लिया तो बुरा मनाएँगे। मन ही मन 'सिल्की तुम्हें मेरी उम्र भी लगे' कहकर उसने गेट बन्द कर दिया। 'चल खुसरो बिस्तर आपने' कहा और खाट पर लेट गई। सिल्की बहुत दिनों से इधर नहीं आई या उसे आने नहीं दिया गया था। आँखों तक आँसू की बूँदें ढुलकीं और रोक ली गईं। छाती में दर्द-सा था। पता नहीं सिल्की के प्रति ममता के लिए या बुखार के लिए।

डाकिए ने चिट्‌ठी फेंकी थी शायद। सन्तोष फिर दीवारों-दरवाजे का सहारा लेकर बाहर निकली। सन्तोष के ताया के घर से चिट्‌ठी थी। दिल्ली से।

सन्तोष के दादा निहालचन्द के यहाँ विवाह के पाँच साल गुजर जाने तक कोई सन्तान नहीं हुई थी। निहालचन्द के कान किलकारी को तरस रहे थे। उसने गुरुद्वारे जाकर अरदास की। सुखना सुखी। पहला लड़का होगा तो गुरू का सिंह सजाएगा। गुरूघर में अरदास सुनी। सन्तोष का ताया करतारसिंह बना।

आह भरकर सन्तोष ने सोचा, 'कितनी दूर निकल आए हैं हम लोग।' पाकिस्तान से उजड़े तो ताया करतारसिंह दिल्ली जा बसे। चाँदनी चौक में फड़ी लगा ली, कपड़े की। जहाँ से माल लेते थे वहाँ से एक बार गलत कपड़े के दो थान धकेल दिए गए। माल खराब निकला। जगह-जगह टाँक थे और एक किनारे से बदरंग। जैसे कैमरे की रील को हवा लग गई हो। लेने की जगह देने पड़ गए। जहाँ से खरीदा था उसने वापिस नहीं लिया। उसका उधार फँसा होता तो 'चाचा' कहकर वापिस लेता लेकिन माल नकद गया था। रिफ्यूजी को उधार देता कौन है। कपड़े के दो थान अपने पेट में डालना करतारसिंह के लिए मुश्किल था। कपड़े के उन दो थानों ने उसका धन्धा चौपट कर दिया। बिक्री में कभी मार खा गया दुकानदार फिर सँभल जाता है लेकिन खरीद में मार खाया साँप के काटे की तरह होता है। छोटी पूँजी वाला और नया दीक्षित हुआ आदमी तो उसी वक्त लहरें लेने लगता है।

करतारसिंह का जी खट्टा हो गया। कपड़े का काम छोड़ देना पड़ा।

बचे पैसों से पैनों का काम शुरू कर दिया। काम चल निकला। साल भर बाद ही वह थोक और परचून दोनों काम करने लगा। दुकान किराये पर ले ली। साठ के जमाने में वही दुकान खाली करने का डेढ़ लाख मिल गया। पैनों का काम ज्यादातर थोक का ही कर लिया गया। इसके लिए जरा पीछे हटकर पचास हजार में दुकान मिल गई। मकान पहले ही करौल बाग में लिया जा चुका था।

गुरटेक जब बड़ा हुआ तो कहने लगा कि उसे कपड़े की दुकान खोलनी है। करतारसिंह को कपड़े की दुकान से चिढ़ थी। गुरटेक जब भी कपड़े की दुकान की बात करता उसे अपनी खरीद के वे दो थान याद आ जाते। दो-तीन मीटर अन्दर जाते ही प्रिंट जैसे धुलने लगा हो। उस कैमरे के उतरे हुए अक्स-सा जिसकी फिल्म को हवा लग गई हो। गुरटेक ने कपड़े की दुकान पर नौकरी शुरू कर दी थी। वह अपने मालिकों की चर्चा से थकता नहीं था, "उनके पास कार भी है। ग्रेटर कैलाश में साफ-सुथरा बँगला। दूध गिराकर इकट्ठा कर लो तो पता भी न चले कि फर्श पर गिरा था। लाखों के वारे-न्यारे होते हैं। यह सब कपड़े के काम से ही हुआ है।—एक हमारे भापाजी हैं।—कपड़े का काम तो करेंगे ही नहीं।" फिर कहता, "आजकल लोग खरीदते ही क्या हैं कपड़ा··· सिर्फ कपड़ा। कपड़ा बढ़िया होना चाहिए। भीतर चाहे खोलमखोल हो। पर्सनैलिटी में सिर्फ एक ही चीज रह गई है कपड़ा। सब जगह कपड़े देखे जाते हैं, सिर्फ कपड़े। लोग भूखे रह लेंगे, कम खा लेंगे लेकिन कपड़ा बढ़िया पहनेंगे। फिर कपड़े का काम ही क्यों न किया जाए।"

कुछ दिनों बाद विद्यादेई ने भी जोर डालना शुरू कर दिया, "काके को कपड़े की दुकान ही क्यों नहीं खोल देते। नौकरियाँ मिलना कहाँ आसान है। जूते घिसाते फिरो। टक्करें मारते फिरो हाथ में सर्टिफिकेट लेकर। कोई दो कौड़ी का नहीं पूछता। दुकान होगी तो शाम को बिल्ला भी वहीं बैठ जाएगा। पैनों का काम तो आप और बरमू सँभाल ही रहे हैं।"

मजबूरन करतारसिंह को खराब कपड़े के उन दो थानों के पार

झाँकना पड़ा। कपड़े के कारोबार के लिए राजी हो जाने पर भी जो असल अड़चन आई वह यह थी कि करतारसिंह चाहता था एक तख्तपोश लगा दिया जाए। लकड़ी के पुराने फट्टे दुकान में ठुकवा दिए जाएँ और काका फाँटदार पजामे का कपड़ा, रजाइयों के गिलाफ का कपड़ा और आठ-दस रुपये मीटर वाले सूटों का कपड़ा बेचे। फिर कमा-कमाकर काम बढ़ाता रहे जितनी भी उसकी समझदारी हो। गुरटेक उसके लिए जरा भी राजी न हुआ।

गुरटेक के दिमाग में एक जगमगाते शोरूम की कल्पना थी। करीने से लगा हुआ काउंटर। छत पर प्लाईवुड की फिटिंग और झुककर आती हुई ट्यूब लाइट्स और बाहर नयोन साइन में जगमगाता 'पंजाब क्लाथ हाउस'। कदमों के नीचे बढ़िया कारपेट और कस्टमर के बैठने के लिए गोल गद्देदार काउंटर तक उठ आते स्टूल। उसे फाँटदार पजामे के कपड़े और कोरे लट्ठे के नाम से ही चिढ़ थी। कोरा लट्ठा तो उसे ऐसा लगता जैसे थान के थान खुलकर पूरी दुकान को लाश में बदले दे रहा हो। वह पिता की इस सलाह पर भड़क उड़ता और घर में कबूतरखाना मच जाता। पिता उसे बदतमीज, नालायक और ज्यादा जबान चलाने वाला बताते। वह पिता पर इल्जाम लगाता कि सीधी-सी बात है कि वे उसके लिए पैसा खर्चना ही नहीं चाहते।

बुरी हालत होती विद्यादेई की। वह दोनों तरफ हलाल होती। पति की अलग मिन्नतें करती, पुत्र की अलग। उसकी दशा उस नन्हीं कबूतरी से बेहतर नहीं थी जो पेड़ की टहनी पर है। ऊपर उड़ती है तो बाज, नीचे आती है तो शिकारी का जाल। इस किनारे पति का अहंकार और उसका अपना अनुभव, दूसरे किनारे अन्धी ममता। दोनों तरफ के गुस्से पर वह प्यार के ठण्डे जल की छींटे देती। लेकिन गबरू लड़के का गुस्सा।…तौबा-तौबा, उसमें तो उसका नेह-जल भी खौलने लगता।

विद्यादेई ने अपने पति को समझाया, जोर डाला, नाराज हुई, अपने सिर की कसमें दीं, लड़के के भाग जाने या आत्महत्या कर लेने की खौफनाक स्थिति प्रकट की।

सन्तान के लिए आदमी क्या नहीं करता। बाबर ने हुमायूँ की खाट

के गिर्द तीन चक्कर लगाकर अल्लाह से उसकी बीमारी अपने सिर माँग ली थी और अपनी आयु उसे दे दिए जाने का रहम। करतारसिंह जब्त कर गया। भीतर का तूफान भीतर ही थम गया। एक आवाज तक नहीं।

'पंजाब क्लाथ हाउस' खोलने में विद्यादेई की कानों की बालियाँ तक बिक गईं। गुरुग्रन्थ साहिब की बीड़ गुरुद्वारे छोड़कर आने के बाद साढ़े सात सौ का ठण्डा उड़ा और सात सौ के मोतीचूर लड्डू बँटे। करतारसिंह को यह खर्च भी फालतू का लगा लेकिन वह चुपचाप खड़ा रहा। दाढ़ी सँवारी और नज़र बचाकर मन ही मन कहा, 'हे सच्चे पातशाह तू इसके काम में बरकत डाल।' मुहूर्त पहली अक्तूबर को किया गया। इसी दिन गुरटेक का जन्म हुआ था।

गुरटेक का काम चल निकला। पन्द्रह-बीस दिनों में ही करतारसिंह को लगने लगा कि बजाजी के काम को लेकर उसकी अनिष्ट आशंका व्यर्थ थी। एकाध बार तो इस बात पर भी अफसोस जाहिर किया कि नाहक पैनों के कारोबार में इतनी जिन्दगी बर्बाद की। फिर कहा कि जिस रंग में राखे वो उसी रंग में रहना।

गुरटेक के लिए अच्छे घरों के रिश्ते आने लगे। माल उधार मिलने लगा था। गर्म सूटों के कपड़े की व्यवस्था भी कर ली गई। शोकेस के लिए एक खूबसूरत स्टैच्यू भी मिल गया था; लेकिन आदमी कुछ सोचता है, होता कुछ और है।

नवम्बर का महीना आया। एक बड़ा पेड़ गिर गया। धरती काँप उठी। इतनी नृशंस घटनाएँ हुईं कि धरती का दिल फट गया और लगा कि धरती काँप रही है। प्रशासन पोस्त के डोडे पीकर सो गया। देखने में शोकग्रस्त और कारगुजारी में निष्क्रिय। इन्सानियत का लिबास जो कि इतने जतनों और वर्षों का श्रमसाध्य था, उतार फेंका। हिंसा की शक्ल में खौफ चरमसीमा पर था। राजनीति में उछला हुआ सिक्का। बिजली की तरह अवाम के कुचले हुए अरमानों के काले कम्बल पर गिरता हुआ। मासूम जिन्दगानियों को अपनी आग से तबाह करता। खून, लूट-सार और खौफनाक आवाजों का एक नंगा जुलूस दिल्ली की सड़कों पर

निकला। इस जूलूस में लोगों के चेहरों पर बूचड़ों, गर्म ताजा खून पीकर आने वाली मुस्कराहटों, और बदइंतजामी के सिर पर नंगा हैवानियत भरा नाच करने वालों का इतिहास खुदा था। उनकी चाल में दुश्मन के इलाके बरबाद कर शहर लूटने वाली दरियाबुर्द चाल का अन्दाज था। इतिहास की खास परिस्थितियों से खून पीकर किसी राक्षस की बारात सजाकर जमीदोज रास्तों से भुखमरों की जमात निकल पड़ती है। और फिर इन्साफ, दानिशमंदी, प्यार, खलूस और इन्सानियत जैसी तमाम खूबसूरतियों को क्रूर कदमों से रौंदती आँखों पर घोर स्वार्थपरता और हिंसा की पट्टी बाँधकर निकल पड़ती हैं, एक अन्धापन फैलाने के लिए। चीख-चीखकर यह खून की प्यासी सन्तानें कहती हैं :

गलियों चौराहों को लाशों से पाट दो,
लेकिन हमें खून दो।
घरों इमारतों को आग लगा दो,
लेकिन हमें खून दो।
चंगेजी गजनवी लूट मचा दो,
लेकिन हमें खून दो।
फिरकापरस्ती के जंगल उगा दो,
लेकिन हमें खून दो।
सल्तनत की जड़ें गहरी लगा दो,
लेकिन हमें खून दो।
ज्ञान-विज्ञान को ताक पर रख दो,
लेकिन हमें खून दो।
मन्दिरों में गोमांस फिंकवा दो,
लेकिन हमें खून दो।
गुरुद्वारे में बीड़ जलवा दो,
लेकिन हमें खून दो।
मस्जिद में सूअर मरवा दो,
लेकिन हमें खून दो।

बच्चों के हाथों पर अंगारे बरसा दो,
लेकिन हमें खून दो ।
बहनों को विधवा बना दो,
लेकिन हमें खून दो ।
माओं की गोद उजाड़ कर रख दो,
लेकिन हमें खून दो ।
खून दो, खून दो ।
खून दो, खून दो ।

गुरटेक को देखनेवाले आए थे । काका गुरटेक और बीबी हरप्रीत दोनों ने एक-दूसरे को संकोचभरी नजरों से देखा और पसन्द किया । मेज पर काजू की बर्फी, चीज पकौड़ों, डबलरोटी के स्लाइसों में जरूरत से ज्यादा दबे हुए मक्खन, कुरकुरे बिस्कुट, बंगाली मिठाई के रसगुल्लों और करारे समोसों से बेखबर ये दो चेहरे चोरी-छिपे एक-दूसरे की तरफ देख रहे थे । हरप्रीत की भरजाई या साथ वाले ओबरायों की बहू दोनों को कुछ पकड़ा देतीं तो दोनों चिड़िया की तरह कुतरने लगते । गुरटेक का छोटा भाई बिरला शरारतों के मसाले लगा रहा था ।

करतारसिंह के मन में लेन-देन का ज्यादा आग्रह नहीं था । 'वाहे गुरु की किरपा से बहुत कुछ है ।' लड़की गुरटेक को पसन्द आनी चाहिए और घर सँभालने वाली हो । पहली बात ठीक निकल रही थी, दूसरी को परखने का कोई मीटर नहीं था । सो उन्होंने अपनी तरफ से सज्जन-सिंह को हरी झण्डी दे दी ।

सज्जनसिंह घर से ही तैयार होकर आए थे । बिल्ले को भेजकर मिठाई का डिब्बा गली के कोने से ही मंगवा लिया । जेब से निकालकर सोने का कड़ा गुरटेक को पहना दिया । एक सौ एक रुपया विद्यादेई और करतारसिंह का रखा । इक्यावन बिल्ले के लिए और एक सौ एक गुरटेक को देकर रिश्ता पक्का कर दिया । मिठाई मुँह लगाई और दोनों तरफ से मुबारकबाद दी गई ।

जब सज्जनसिंह का अपनी बहू और लड़की के साथ इधर आना टेलीफोन पर तय हुआ था तब तक इन्दिरा गांधी जिन्दा थीं, लेकिन जब

तक वे इधर आए इन्दिरा गांधी को गोलियाँ लग चुकी थीं और वह आयुर्विज्ञान संस्थान में मृत घोषित की जा चुकी थीं। दरवाजों-खिड़कियों की आँखें और दीवारों के कान सरगोशियों में डूबने लगे। राजनीति ने फन उठाया और हवा में जहर घोल दिया।

अपने ख्यालों के नर्म बिस्तर पर झूमता गुरटेक हरप्रीत और उन लोगों को बाहर तक छोड़ने आया। प्रीत की सलज्ज मुस्कराहट उसे बींध रही थी। जुदाई वह अभी भी नहीं चाहता था। हरप्रीत की भरजाई ने पुल का काम किया 'आप हमें स्टैंड तक छोड़ आइए न।" बिंधा-बिंधा-सा गुरटेक साथ चलता गया। प्रीत साहिबा थी। स्यालों की हीर थी या सखी। हँसती तो गालों में टोये पड़ते। एक दिन गुरटेक के दोनों हाथों में हरप्रीत का यह भोला और मासूम चेहरा दर्पण की तरह रखा होगा। होंठ लरजते होंगे। पलकें लज्जा के दबाव से बन्द। तीन-चार बार कहने पर उठेंगी। गुरटेक कहेगा, "सोहणयो हमारा विश्वास 'दो या तीन बस' में है नहीं। हम तो पूरे ग्यारह बच्चों से आपको भर देंगे। फिर बनेगी गुरटेक एण्ड हरप्रीत इलेवन।" वह हँस देगी तो गालों में टोये बन जाएँगे। बस यहीं तो फिदा हो जाने की बारी आएगी गुरटेक की।

बस मिली नहीं। लोग हड़बड़ाहट में थे। एक अफरा-तफरी सड़कों पर मची थी। चक्रवात की तरह जरदोज खबरें सड़कों पर रक्स कर रही थीं।

गुरटेक की जैसे तन्द्रा टूटी हो। उसने इस स्टाप को कभी इतना वीरान नहीं पाया। तभी एक स्कूटर सवार हिन्दू उनके पास से गुजरा। उसने सिख परिवार देखकर कहा, "आप लोग स्कूटर-टैक्सी जो भी मिले, लेकर तुरन्त निकल जाओ। आपको शायद पता नहीं पूरी दिल्ली में सिखों पर हमले हो रहे हैं।"

"क्या, हुआ क्या ?" सज्जनसिंह के मुंह से निकला।

"ज्यादा कहने-सुनने का वक्त नहीं। मेरे मामे का परिवार सिख है। मैं उन्हें देखूंगा जरा।" कहकर वह स्कूटर तेज कर भाग निकला।

गुरटेक ने देखा, प्रीत और भरजाई का चेहरा पीला पड़ रहा है। तभी

टैक्सी मिल गई। सज्जन सिंह ने गुरटेक को भी साथ चलने को कहा लेकिन गुरटेक ने कहा कि उसकी चिन्ता न करें, अपना ख्याल रखें और घर पहुँच कर फोन कर दें। उसने महेशचन्द्र ओबराय का नम्बर दे दिया। गुरटेक ने पीछे घूम कर देखा। टैक्सी से हरप्रीत का हाथ हिल रहा था। उसने भी रुक कर हाथ हिलाया और टैक्सी के ओझल हो जाने तक वहीं रुका रहा। फिर वह भारी कदमों से घर की तरफ चल दिया।

सड़क का सन्नाटा भाँय-भाँय कर रहा था। नुक्कड़ पर पान-सिगरेट और सोडावाटर की दुकान भी बन्द थी। थोड़ी ही दूर पर काँच बिखरा हुआ था। किसी कार पर पत्थर फेंका गया था। उसने हैरानगी से देखा क्योंकि पहले हरप्रीत लोगों के साथ गुजरते वक्त उसने इस तरफ तवज्जो नहीं दी थी। काँच का चूरा उसके दिल में अज्ञात किस्म का डर भर रहा था। इस हद्‌द से आठ-दस गिनती के कदम उसने लिए होंगे कि बीस-पच्चीस लोगों का झुण्ड मरभुक्खे राक्षसों की बारात की तरह जैसे सुरंगों के रास्ते से आ निकला हो।

गुरटेक को घेर लिया गया।......"पकड़ लो साले को।"

"जाने न पाए।"

"पंजाब में बहुत हिन्दू मारे हैं इन लोगों ने।"

"मैं तो सात साल से पंजाब गया ही नहीं।" लेकिन उसकी आवाज सुनने वाला वहाँ कोई नहीं था।

एक जलता हुआ टायर उसके गले में डाल दिया गया। गुरटेक चीत्कार कर उठा। आग से उसका गला, छाती, कंधे बुरी तरह जलने लगे। वह तड़प रहा था। हाथों से एक सैकेण्ड जाया किए बिना इससे मुक्ति पाना चाहता था लेकिन उसके हाथ अपने बस के नहीं थे। आग का समन्दर उसे दबोचता चला जा रहा था। पीड़ा तेज धार से नहीं, भोंथरी धार से उसकी रूह फना कर रही थी। खौफ और पीड़ा की तंग दर्रे ने उसकी आवाज को एक अजीब आर्तनाद में बदल दिया था जिसे उसने कभी पहचाना नहीं था। टायर की जलती हुई रबड़ प्राणों को बुरी तरह काटती चली जा रही थी। तड़प और तकलीफ की यह चरम सीमा थी। मौत की इस भयानक शक्ल की उसने कभी कल्पना तक नहीं की

थी। दहशत से कई सौ दर्जे आगे खड़े वे लोग नवम्बर की लगाई इस आग में एक आदमी के लाश में बदलने की बेइन्तहा जंगली प्रक्रिया देख रहे थे। गुरटेक को एक बार हरप्रीत का चेहरा याद करने का वक्त भी नहीं मिला।

उस वक्त उसके सिख होने से नफरत करने वालों को उसके सोने के कड़े से जरा भी नफरत नहीं थी। कड़ा उतर कर एक की जेब के हवाले हो चुका था।

महेशचन्द्र ओबराय फरीदाबाद किसी पार्टी से पेमेंट लेने गए थे। लौटकर घर आते वक्त उन्हें दिल्ली में शुरू हुए सिखों पर हमले का पता चला। रास्ते में एक झुंड दुकान जला रहा था। उनका मन अजीब किस्म के दबाव से भर गया। वे लूटमार की डरावनी शक्ल पहचानने में असमर्थ थे। घर लौटते ही उन्होंने करतार सिंह को बेसब्री से गुरटेक का इन्तजार करते पाया। बरामदे से ही सावित्री को आवाज देकर उन्होंने कहा, "हालात ठीक नहीं हैं। बीस-पच्चीस लोग रास्ते में दुकानें जलाते इधर आ रहे हैं। तुम करतार सिंह के परिवार को घर ले आओ और ऊपर के कमरे में छिपा दो।"

करतार सिंह आने से इन्कार कर रहे थे, लेकिन महेशचन्द्र गलवकड़ी डाल कर ले आए। विद्यादेई को गुरटेक की चिन्ता खा रही थी। उसे कहीं तंग न करें खसमानुखाने। बिल्ला उसे ढूंढ़ने के लिए निकल जाना चाहता था। पता नहीं वीर पर कैसी गुजर रही होगी। लेकिन कोई जाने नहीं दे रहा था। सावित्री की बहू ने उसका हाथ पकड़ कर कहा, "वीर तुम्हें मेरे सिर की कसम जो मेरे बिना कहे सीढ़ियों से नीचे भी उतरे तो, आप लोग वक्त की नजाकत को क्यों नहीं समझते। वे लोग भूखे-प्यासे जानवर की तरह टूट पड़ते हैं, कुछ सुनते नहीं, कुछ समझते नहीं। मार-काट करते हैं, लूटते हैं और चल देते हैं।"

करतार सिंह को समझ नहीं आ रहा था कि एक दिन में ही सारे-के-सारे सिख गद्दार कौम कैसे बन गए।

खून की प्यास में गर्क अपने खाली खप्पर लिये लोगों का एक झुण्ड आकर 'पंजाब क्लाथ हाउस' के सामने रुक गया। एक ने पत्थर चला-

कर साइन बोर्ड चीने-चीने कर दिया। ताला तोड़ने की कोशिश की गई, लेकिन टूटा नहीं। जाने कहाँ से एक सम्बल उठा लाया गया। शटर की पत्ती के नीचे रखकर दो-तीन ने मिलकर जोर लगाया तो पत्ती पिचक गई। शटर उखड़ गया। थानों के थान हाथोंहाथ उछलने लगे। एक आदमी, जो कि झुग्गी-झोंपड़ी में रहने वाला था और राजनीति के एक इशारे पर मरभुक्खों की जमात में शामिल हो गया था, ने गर्म कपड़े का थान उठाया और भाग निकला। जिसने ताउम्र नई कमीज नहीं खरीद कर पहनी थी, हमेशा जामा मस्जिद के पास की फटी-पुरानी कमीजें पाँच-दस रुपये में खरीदता रहा था, वह आज गर्म सूट के कपड़े का थान उठाए सरपट भाग रहा था। एक पुलिसमैन को देखकर उसकी रफ्तार कम हुई। डंडा लहराता हुआ पुलिसमैन बोला, "साले तू गर्म सूट पहनेगा। कभी हाथ से छूकर भी देखा है गर्म सूट को। ला इधर··· लाता है इधर कि एक दूँ।···तेरे को लेना है तो अपने लिए और ले आना।"

थान पुलिस वाले को देकर वह उल्टे पाँव भागा। फूली हुई साँस के साथ जब तक वहाँ पहुँचता तब तक 'पंजाब क्लाथ हाउस' में आग लगा दी गई थी। आग के शोले उठते देखकर वह वहीं रुका रह गया।

करतार सिंह के अन्दर गुरटेक और गुरटेक की दुकान की चिन्ता हौलदिली भर रही थी। वह एक बार दुकान देख आना चाहता था। महेशचन्द्र उसे बाहर निकलने तक से मना कर रहे थे। करतार सिंह समझ नहीं पा रहा था कि उस बूढ़े पर आखिर कोई क्यों हाथ उठाएगा।

गुरटेक के लिए उसके उसी दिन बने ससुर के पड़ोस में फोन किया गया। पता चला कि जब वे टैक्सी लेकर निकले तब वह बस स्टैंड पर ही था और खुशबाश था।

ज्यों-ज्यों समय बीतता जा रहा था और गुरटेक के लौटने में देर हो रही थी, करतार सिंह का दिल कुतरा जा रहा था। विद्यादेई तो रोती जा रही थी। पुत्र की सगाई की खुशियाँ जैसे भीतर से उड़नछू हो चुकी थीं।

करतार सिंह समझ चुका था उसे वे लोग बाहर नहीं जाने देंगे,

लेकिन भीतर से एक पुकार उसे मथ रही थी कि उसे बाहर निकलना चाहिए। शायद वह गुरटेक को कोई मदद पहुँचा सकता हो। कहने को तो वह विद्यादेई से रोने की बजाय पाठ करने के लिए कह रहा था लेकिन खुद वह डूबता चला जा रहा था और उसे कोई सहारा नहीं मिल पा रहा था।

सहसा वह इस तरह उठा जैसे पेशाब करने के लिए उठा हो। फिर चुपचाप ढंग से दरवाजे की सिटकनी खोली और बाहर आ गया। सड़क पर आते ही उसने बेइन्तिहा वीरानगी देखी। जैसे वह कब्रिस्तान का रास्ता हो। अचानक उनकी नज़र आकाश में घूमती चील पर पड़ी। उसने दिल्ली में गुजारे सैंतीस साल में आकाश की तरफ इतने गौर से नहीं देखा था। सैंतीस साल बाद इस ओर देखना उसे बहुत धूसर और मनहूस लग रहा था। मुश्किल से दस कदम और चला होगा कि एक जला हुआ स्कूटर उसके सामने था। वहाँ क्या हुआ होगा की हैवतनाक कल्पना उसे गुरटेक के साथ किसी कठोर व्यवहार की आशंका से जोड़ती चली जा रही थी।

दो लड़कों ने उससे पूछा कि वह किसी को ढूँढ़ रहा है क्या ? उसने बताया कि उसका लड़का काफी देर से घर नहीं लौटा। गुरटेक नाम है उसका। मेहमानों को छोड़ने गया था। लड़कों ने आगे जाने का इशारा कर दिया, लेकिन उनकी आँखों में शरारत थी। करतार सिंह का एकबारगी जी चाहा कि वापिस लौट जाए लेकिन कदम बहुत भारी लगे। सीधी सपाट पथरीली सड़क दलदल लग रही थी।

तभी दस-पन्द्रह लोगों ने उसे घेर लिया। एक ने पीछे से सरिये का वार उसके सिर पर किया। इससे पहले कि करतार सिंह उन लोगों से पूछ पाता कि वे कौन हैं और क्या चाहते हैं, वह एक कटे पेड़ की तरह गिर गया। वह समझ नहीं पाया था कि हुआ क्या है। खून की धार ने उसकी सफेद दाढ़ी भिगो दी···।

ताई जी का खत तिलक विहार की झुग्गियों से लिखा गया था। वहाँ उन जैसे और भी कई विस्थापित परिवार रह रहे हैं जबकि धरती के काँपने को दो साल का अर्सा गुजर चुका था। विधवाओं के एकत्रित

हो जाने से वे झुग्गियाँ मनहूस और मायूस हो उठी थीं। कोई विरला ही घर (?) होगा जिसके चार-पाँच लोगों को नवम्बर चौरासी की वह काली आँधी ले न बैठी हो। लुटी हुई तबाह और बेसहारा जिन्दगियों को जोड़ने की कोशिश की जा रही है।

ताया जी और गुरटेक को खोकर ताई का परिवार दो सालों में खड़े हो सकने का जुगाड़ भी नहीं कर पाया। महेशचन्द्र ओबराय ने घर में शरण देकर और झूठ बोल कर, लड़-झगड़ कर ताई और बिल्ले की जान तो बचा ली, लेकिन घर को जलने से नहीं बचा सके।

ताईजी ने लिखा था कि बिल्ले का कारोबार कोई ढंग का नहीं हो सका। पैनों के कारोबार से कर्ज लेकर 'पंजाब क्लाथ हाउस' में डाला था, जो कि राख के ढेर में बदल गया। फिर कारोबार का भेद बिल्ले को था नहीं। जिनसे लेना था वे आँखें बदल गए, जिन्हें देना था वे आ धमके। दुकान छोड़कर कर्ज पटा दिया है।

ताई चाहती थीं कि जालन्धर, अमृतसर या लुधियाना में उनके सिर छुपाने की जगह का इन्तजाम हो पाता तो ज्यादा बेहतर था। वहाँ दिल्ली में बिल्ले को कुछ अच्छा नहीं लगता।

सन्तोष खत पढ़ कर अजीब-सी हालात में आ गई। शायद उसे बुखार की तकलीफ इतनी नहीं थी जितनी जिन्दगी के इस मोड़ की। राजनैतिक परिस्थितियों ने उन्हें कहाँ ला पटका है। मंगल चाहने लगा कि कहीं हरियाणा में या दिल्ली में सैटिल हो जाए। ताई चाहती हैं बिल्ले को लेकर पंजाब में कहीं टिक जाएँ। मंगल को, जिसका सैंतीस वर्षों से पूरा जुड़ाव पंजाब में रहा है, पंजाब में रहना असुरक्षित लगता है। करतार सिंह का परिवार, जिसकी दो टहनियाँ ही बाकी बची हैं, जिसका सैंतीस वर्षों का नाता दिल्ली से रहा है, पंजाब आना चाहता है।

सन्तोष ने घड़ी में वक्त देखा। तीन बज रहे थे। टीनू ने अब तक जरूर बाजार से कुछ लेकर खा लिया होगा। हो सकता है कुछ भी नहीं खाया हो। अगर नहीं खाया होगा तब वह घर भी आ सकता है। घर ही आ जाए तो अच्छा हो। कोई दवा तो ला देगा। उसका सिरदर्द बढ़ता ही जा रहा था, जैसे अभी फट जाएगा।

उसने उठकर खिड़की खोल दी। प्रसिन्नी नाली निकाल रही थी और बुड़बुड़ा रही थी। बदबू का एक भभका खिड़की की सींखचों को पार करके अन्दर आ गया। उसने खिड़की बन्द कर दी। 'बन्द' की जगह 'पटक दी' कहना ज्यादा संगत होगा। सिरदर्द उसकी सहनशीलता की सरहदें तोड़ रहा था। उसने अपनी चुन्नी उठाकर माथे पर बाँध ली।

सन्तोष को कुँवारेपन के वे दिन याद आए, जब सिर इस तरह फट रहा होता था और माँ उसे बिठाकर सिर में तेल डालने लगतीं और आहिस्ता-आहिस्ता हथेलियों से थपथपाती रहतीं। माँ की शीतल छाया-सी याद जब तक वह जिन्दा है, मन में छाई रहेगी।

बेकार और बीमार आदमी को यादें क्यों इतना सताती हैं ? चकमक पत्थर में आग की तरह छिपी रहती हैं। वक्त मिलते ही चिंगारियाँ छोड़ती हैं।

गेट फिर खटका। सन्तोष उठकर आँगन तक आ गई। गुलाबी फ्राक में सिल्की खड़ी थी। उसकी गेंद आँगन में गुलाब के पास गिरी थी।

सन्तोष ने गेट खोला। सिल्की तुरन्त भीतर आ गई। सन्तोष ने एक बार सामने इकबाल कौर के घर की तरफ देखा। वहाँ कोई नहीं था। उसने गेट उड़का दिया।

"आंटी, तुम्हें माथे पर पी हो गई ?"

"हाँ बेटे, पी हो गई।"

"मैं बाम लगा दूँ आंटी ?"

सन्तोष पाँव के बल फर्श पर ही बैठ गई। सिल्की ने उसे कई दिनों बाद पुकारा था। दोनों घुटनों में सिल्की का हाथ पकड़ कर खींच लिया, दोनों बाँहें उसके पीछे बाँध दीं फिर दोनों हाथों से उसका चेहरा थाम लिया। भीतर से साँस खींच कर माथा चूमा।

"तुम तो खुद ही मेरा बाम हो, सिल्की। मरी इतने दिनों आंटी की याद नहीं आई ?"

"आंटी, बिछकुट दो ना।"

सन्तोष ने भड़ाक से रसोई का दरवाजा खोला। बढ़िया बिस्कुटों

का नया पैकेट फाड़कर प्लेट भर कर बाहर लाई। "मट्टी ! खूब खाओ बिछकुट, लेकिन मेरे पास बैठकर।"

जब सन्तोष सिल्की को बिस्कुट खिला रही थी तो सिरदर्द का अहसास तक नहीं हो रहा था। जब इकबाल कौर का छोटा लड़का गगनदीप, जो कि आजकल मोटर पार्ट्स की एजेंटी कर रहा था, सिल्की को गली में आवाजें दे रहा था। इन आवाजों को न तो सिल्की सुन रही थी, न सन्तोष ही।

गगनदीप ने इधर झाँका।

"आंटी तुम्हाले गुलाब के पेड़ पर भूत है।" सिल्की ने कहा।

"जो बच्चा बिछकू खाता है उछे भूत कुछ नहीं कहता।"

कहकर सन्तोष ने एक बिस्कुट सिल्की के मुँह में ठूँस दिया।

सन्तोष हतप्रभ-सी रह गई जब उसने गगनदीप को सामने खड़े पाया।

"यह बिस्कुट बाजार के ही बने हैं। मैंने इनमें कुछ नहीं मिलाया और इनके अलावा कुछ नहीं खिलाया।" कहते हुए उसकी दोनों आँखें आँसुओं से भर आईं।

"आप ऐसा क्यों सोचते हैं, भरजाई जी, हम क्या इतने गिरे हुए हैं ?···मैं जानता हूँ आप सिल्की को कितना प्यार करती हैं।···ये तो आपकी ही बेटी है।"

उस समय सिल्की कह रही थी, "आंटी, तुम क्यों लोती हो ? तुम्हें भूत नई मारेगा। जो बच्चे बिछकू खाते हैं उन्हें भूत कुछ नहीं कहता। तुम भी एक बिछकू खा लो ना।"

अब सन्तोष सिल्की के हाथों बिस्कुट खा रही थी।

छह

प्रोग्रेसिव रिपोर्ट भिजवाने के बाद अविनाश ने घड़ी देखी। छः बज रहे थे। तेरह तारीख। उसे ख्याल आया कि आज पाँच बजे उसे जम्हूरी अधिकाररक्षा वालों की बैठक में जाना था। दो-तीन दिन पहले बलविन्दर उसे साइक्लोस्टाइल कागज दे गया था। बलविन्दर को उसने एक-दो बार 'मेहनत' के दफ्तर में देखा था। साइक्लोस्टाइल कागज पर था :

"क्या पंजाब में सिर्फ दो प्रकार के लोग हैं ?
एक वे जो खालिस्तान चाहते हैं और दमदमी टकसाल जैसे
दलों के साथ हैं,
दूसरे वे जो हिन्दू शासन के समर्थक हैं और शिवसेना जैसे
दलों के समर्थक हैं।
यदि हाँ,
तो हिन्दुओं को पंजाब छोड़कर भागने दीजिए।
पंजाब के बाहर के सिखों को पंजाब में आने दीजिए।
और कतलों की निन्दा का अधिकार भी खो देना चाहिए।
जो ऐसा नहीं सोचते
उनको एक फ्रंट पर एकत्रित होना चाहिए
और इस विकट स्थिति का मुकाबला करना चाहिए।"

बैठक की तारीख के बारे में निश्चित होने के लिए अविनाश ने मेज की दराज में उस कागज को ढूंढना शुरू किया। दराज अनाप-शनाप कागजों से भरी थी। इस बात से उसे बहुत चिढ़ थी, लेकिन वह इससे अक्सर बच नहीं पाता था। अनाश-शनाप कागज दराज में ही ठूंसे जाते और

फिर एक दिन भर जाती तो उन्हें चुनने, फाड़ने और रखने के लिए अपनी एक छुट्टी खर्च करनी पड़ती थी।

ढूँढने पर उसे वह कागज मिल गया। तेरह तारीख ही थी। अविनाश ने साइकल ली और निकल लिया।

कमरा खचाखच भरा हुआ था। उसे नहीं लगता था कि इतने लोग ऐसे सार्थक लेकिन लोगों के तत्कालिक लाभ से नहीं जुड़े हुए मुद्दे पर एकत्रित होकर बात कर सकते हैं।

बैठक अभी शुरू नहीं हुई थी। सभी लोगों से अपना-अपना परिचय देने के लिए कहा गया। वे सभी समाज के प्रगतिशील तबके से थे। अपने अधिकारों के प्रति सचेत और अन्याय का प्रतिकार करने के लिए तैयार। वे थे प्रेस कर्मचारी यूनियन के मुख्य सचिव, सफाई मजदूर यूनियन के प्रधान, खाद्य निगम स्टाफ यूनियन के प्रचार सचिव, टीचर यूनियन के सरगर्म सदस्य, बिजली बोर्ड संगठन के जिला अध्यक्ष, स्थानीय समाचार पत्र के सम्पादक और एक मासिक लघु पत्रिका के सम्पादक जिसका अंक साल-डेढ़ साल के बाद ही निकल पाता। 'मेहनत' अखबार के कातिब भी एक कोने में मौजूद थे।

सबसे पहले बलविन्दर ने बोलना शुरू किया। उसने कहा, "पंजाब समस्या आपके घर से कदम बाहर रखते ही शुरू हो जाती है, बल्कि कहना यह चाहिए कि यह आपके घर में ही दाखिल हो चुकी है और आपके चारों तरफ हर वक्त मँडराती रहती है। पंजाब समस्या को लेकर जो गुल खिलाए जा चुके हैं वे आपके सामने हैं। साफ नजरों से जब भी देखा जाएगा तो कुछ चीजें बिल्कुल साफ उभरकर आएँगी। सन्त भिंडराँवाले का रोल बीसवीं शताब्दी के इतिहास-चक्र को उल्टा घुमाने की चेष्टा कही जा सकती है। धार्मिक जुनून में हिटलिस्टों को कभी जायज करार नहीं दिया जा सकता।···दरबार साहब अमृतसर की फौजी कार्रवाई को भुलाया नहीं जा सकता···भ्रष्टाचारी प्रबन्ध के चौधरियों ने, जिनका नेतृत्व इन्दिरा गांधी कर रही थी, इस समस्या का हल अन्धी ताकत के बल पर करना चाहा और अमृत के सरोवर को लहू के सरोवर में बदल दिया···बसों से उतारकर निर्दोष और मासूम लोगों की फरियाद माँगती

साँसों को गोलियों से भेद देना गलत कहा जाएगा। नवम्बर के दिल्ली दंगों की बर्बरता और मानसिक छिछोरेपन का हम अभी तक कोई ठीक नाम खोज सके ?···उस घटिया व्यवहार को इन्सानियत के बाहर माना जाएगा।···अब हालात क्या हैं···पंजाब समझौता हो चुका है, जिसे लागू करने की हिचकिचाहट नुकसान दे सकती है—लोकप्रिय सरकार स्थापित हो चुकी है, जिसे लोगों को जरा भी ध्यान नहीं। लिहाजा पंजाब के हिन्दू पंजाब छोड़ रहे हैं और पंजाब के बाहर के सिखों को पंजाब के बाहर रहना सुरक्षित नहीं लगता। ऐसे हालात में पंजाब के वे लोग जो खालिस्तान नहीं चाहते, हिन्दू शासनवाद के समर्थक भी नहीं हैं, जनता के लिए न्यायपूर्ण स्थितियों का पक्ष लेते हैं, क्या करें ? इस मंच पर सभी साथियों को पूरे हालात पर खुले मन से बातचीत करनी चाहिए। सबसे पहले हम अमृतसर से आए हुए साथी इन्द्रजीत से अनुरोध करेंगे कि वे अपने विचार आपके सामने रखें···"

इन्दरजीत ने कहा—"आज.जब हम भिंडराँवाले को पंजाब के व्यापक कतलों का जिम्मेदार ठहराते हैं तो इस बात को आँखों से ओझल कर देते हैं कि भिंडराँवाले को राजनीति का हीरो बनाने में किसका हाथ है ?···सभी लोग जानते हैं कि कांग्रेस के कारनामों से उसका नाम राजनीति के पर्दे पर चमका था—ब्लू स्टार ऑपरेशन के लाभ शायद कम ज्ञान होने की वजह से मुझे मालूम नहीं, लेकिन जो नुकसान हुआ है वह हमारे सामने है—इससे सिख मानसिकता को चोट पहुँची है और उसकी पूर्ति के लिए कुछ नहीं हुआ। कोई मरहम इस पर नहीं रखा गया। पंजाब के साथ वितकरा हुआ है और इस तथ्य को झुठलाया नहीं जा सकता। भाषायी आधार पर प्रान्त बनाए गए लेकिन पंजाबी सूबा उन्नीस सौ छ्यासठ में बना···अब आइए पंजाब समझौते पर···समझौता हरमिन्दर सन्धू के साथ किया जाना था। सन्धू को जेल से दिल्ली ले जाया गया—सन्धू का बयान इस बारे में आ चुका है और सरकार इससे इन्कार नहीं कर सकती···लेकिन लौंगोवाल जी के साथ सौदा कुछ सस्ता पट रहा था इसलिए वही किया गया···लालडेंगा ने आप सभी जानते हैं आर्म्ड स्ट्रगल लड़ा है, लेकिन फिर भी उसके साथ समझौता

किया गया—जब ऐसा वहाँ सही है तो पंजाब के बारे में क्यों सही नहीं है ? लालडेंगा के सभी साथियों को रिहा कर दिया गया है। पंजाब में ऐसा क्यों नहीं किया जा सकता ?…सेना की शक्ति के साथ पूरा दबाव डालने में इस समस्या का हल नहीं हो सकता। इतिहास का कोई भी पन्ना उठाकर देखिए…फौजों की ताकत ने कहीं भी कोई हल नहीं निकाला, इसलिए पंजाब को फौजों के हवाले किए जाने की जो बात कही जा रही है—एकाध राजनैतिक पार्टी इसके लिए बाकायदा मूवमेंट चला रही है—हमें इसका विरोध करना चाहिए।…एक अन्तिम बात कहकर मैं अपनी बात समाप्त करूँगा—वह यह कि पंजाब समस्या ला एंड आर्डर की समस्या नहीं है—ऐसा प्रचार करके हम साँप को रस्सी समझना चाहते हैं जबकि साँप साँप है और रस्सी समझने से रस्सी हो नहीं जाएगा। यह एक पोलिटिकल समस्या है और इसका हल भी पोलिटिकल होगा।"

इन्दरजीत के बोलने का ढंग काफी तीखा था। शायद अपने अमृतसर की फील्ड वर्क ने उनकी टिप्पणी को तल्खी दे दी थी।

इसके बाद 'मेहनत' के कातिब सदाशिव शर्मा को बुलवाया गया। उनकी आवाज बड़ी धीमी थी। कमरे में बैठे कुछ लोग उनकी बात सुनने की कोशिश ही करते रहे। उन्होंने तीन बार मुआफी माँगी। एक बार बोलने से पहले कि अगर कोई भूल-चूक हो तो उन्हें मुआफ कर दिया जाए—एक बार बीच में जब रमेश जी की शहादत को याद करते हुए वे लगभग रो पड़े—एक बार अन्त में जब उन्होंने थोड़ा बोलकर भी कहा कि उन्होंने बज्म में हाजिर लोगों का काफी वक्त लिया।

उन्होंने कहा कि उन्होंने रामचरित मानस जितने ध्यान से पढ़ा है इतने ही ध्यान से आदि गुरुग्रन्थ साहब भी। बचपन से ही वे गुरुद्वारे जाते रहे हैं और शब्द कीर्तन सुनते रहे हैं। उन्होंने अपनी बेटी के विवाह पर 'लाँवें' भी गुरुद्वारे में ही की। उन्हें निर्दोष लोगों की हत्याओं का बहुत दुख होता है। रमेश जी की हत्या जब हुई वे कई दिनों तक सो नहीं सके। वे बहुत ही नेक इन्सान थे।…

उनके बाद प्रेस कर्मचारियों के अध्यक्ष तारनसिंह को बुलवाया

गया। उन्होंने कहा, "मौजूदा सरकार के दोनों हाथों में लड्डू हैं। उनके आधे मन्त्री उग्रवादियों के हक में बयान देते हैं। उग्रवादी कार्रवाइयों के चलते पंजाब में महंगाई बहुत बढ़ गई है। जरूरी वस्तुओं के भाव लगभग दोगुने हो गए हैं। तेजी से बढ़ती हुई महंगाई के सामने मुलाजिमों की तनख्वाहें बहुत कम हैं। सरकार के पास जब यूनियन तनख्वाहें बढ़ाने की बात कहती है तो वे कहते हैं कि इस वक्त उनका ध्यान उग्रवाद पर काबू पाने में लगा है। इतनी हत्याएँ हो रही हैं और आपको तनख्वाहों की पड़ी है। उनसे पूछिए कि उग्रवाद का क्या हुआ ? वे कहेंगे कि सरकार इस पर गम्भीरता से विचार कर रही है। स्थिति गम्भीर है लेकिन नियन्त्रण में है। साथियो ! इस सरकार के पास अपने कर्मचारियों की तनख्वाहें बढ़ाने का समय नहीं है लेकिन पैप्सीकोला की फाइलें उठाकर दिल्ली के चक्कर लगाने का समय है।

"आज फिरकापरस्ती बढ़ती चली जा रही है। मैं समझता हूँ कि फिरकापरस्त ताकतें वहीं अपना काम आसानी से कर सकती हैं जहाँ लैफ्ट फोरसेज बहुत कमजोर हैं और कोई मूवमेंट चला नहीं पाए। आज अगर हम महंगाई विरोधी मूवमेंट चलाएँ तो मेरे ख्याल से फिरकापरस्ती को नथ डाली जा सकती है।"

उनके बाद बोलने के लिए आये दिलवर। उन्होंने कहा कि बेशक वे हिन्दू परिवार से हैं लेकिन गुरु की वाणी को कई रूढ़िवादी सिखों से ज्यादा समझते हैं। आज 'कड़ाहखाणे' इस बात का महत्व नहीं समझते कि गुरुजी ने मलिक भागो की रोटी से लहू और भाई लालो की रोटी से दूध की धार दिखाकर क्या साबित करने की कोशिश की है। साफ जाहिर है गुरु नानक देव जी को एक मजदूर की रोटी एक अमीर के पकवानों से ज्यादा बेहतर लगती है। फिर जब वे यह कहते हैं कि—

पाप की जंज लै काबुलों धाया
जोरी मंगे दान वे लालो

या ऐसा कहते हैं कि—

जे सकता सकते को मारे
ता मन रोष न कोई।

तो किसी अपनी समकालीन सच्चाई को उजागर करते हैं और अन्याय का पूरा विरोध करते हैं। आज जरूरत है गुरुजी की बात को ठीक ढंग से समझने की और प्रचारित करने की।

आगे उन्होंने कहा कि कुर्सियों वाले मूर्खतापूर्ण काम कर रहे हैं। वोटों की खातिर एक जाति को दूसरी के खिलाफ भड़का देना बहुत बड़ी मूर्खता है, जिसका अंजाम हमें देर तक भोगना पड़ता है। आज कांग्रेस का पहले वाला सेकुलर होने का चेहरा उतर चुका है। वोटों के लिए कहीं हिन्दू-मुस्लिम, कहीं कहीं हिन्दू-सिख झगड़ों में धकेला जा रहा है। यह कोई अच्छी बात नहीं है। हमें हर सूरत में इसका विरोध करना चाहिए।

दर्शनसिंह ने हाथ खड़ा करके पहले बोलने की इजाजत माँगी फिर बिना इज़ाजत मिलने की परवाह किये खड़े हो गए। वे बहुत आवेश में थे। उन्होंने कहा, "दिलवर जी की उस बात के साथ में सहमत नहीं हूँ…जब वे ऐसा कहते हैं कि व्यवस्था चलाने वाले लोग बेवकूफ हैं। मैं यह कहना चाहता हूँ कि सबसे बेवकूफ जमात हमारी मजदूरों की जमात है। हमें बेवकूफ बनाया जा रहा है और हम बन रहे हैं। पूरा दिन हम लोग काम में इतना जुते रहते हैं कि हमारी सोचने-समझने की शक्ति जवाब दे जाती है। वे लोग बहुत सयाने हैं। नफा-नुकसान की बात दूर तक सोचते हैं, वे जानते हैं कि कब कहाँ कितना पैसा लगाना है और कितना मुनाफा लेना है। अगर वे समझदार न होते तो हमारी तरह दिन भर हाड़तोड़ मेहनत करते और शाम को पीपा उठाकर राशन की लाइन में लगते। नाले के पास के घरों में रहते और बीमार होने पर सरकारी अस्पतालों में सूअरों की तरह धक्के खाते लेकिन नहीं। ऐसा बिल्कुल नहीं है।"…

और वे बैठ गए।

बलविन्दर ने उनसे कहा, "पंजाब समस्या पर अपने विचार।"

"बाकी ठीक है। आप कार्रवाई चलाएं। जहाँ जरूरत होगी फिर बोलेंगे।"

लघु पत्रिका के सम्पादक गिरीश जी की बारी थी।

उन्होंने अपनी बात पंजाबी के किसी नावेल से शुरू की—"उस नावल का एक किरदार कहता है कि मेरे दोनों बेटे नालायक निकले। एक ने इण्डिया में रहकर मुझसे डर कर बाल नहीं कटवाए। दूसरे ने इंग्लैंड जाकर वहाँ के लोगों के दबाव में बाल कटवा दिए।···मेरा एक मित्र है पाली। आर्टिस्ट है। दिल्ली में रहता है। नवम्बर दंगों में उसे अपने बाल कटवा देने पड़े। पिछली बार जब मैं दिल्ली गया तो भाभी ने मुझसे पंजाब के हालात के बारे में पूछा। मैंने कहा—हालात तो यह हैं कि यहाँ पाली केश कटवा दें और वहाँ मैं केश रख लूं।···हम ऐसी व्यवस्था चाहते हैं जहाँ कोई शख्स किसी भी वेश में—चाहे दाढ़ी केश रखता हो—चाहे कटवाता हो पूरे अमन-चैन से जी सके और तन्त्र ने हमें इस मुहाने पर ला पटका है कि इस बेसिक चीज के लिए भी हमें संघर्ष करना पड़ेगा···

"थोड़ी देर पहले मेरे साथी ने वितकरे की बात उठाई। मैं कहना चाहूँगा कि पूरे देश में इस समय नौकरशाही अन्याय और दमन के बूते पर अन्धेरनगरी का वातावरण बना रही है। एक तरफ दक्षिण अफ्रीका के महान जनगायक कवि भोला इसकी फांसी की तीव्र निन्दा की जा रही है तो दूसरी तरफ अपनी सांस्कृतिक आजादी के पहरेदारों को कुचला जा रहा है। आन्ध्र में तेलुगु पत्रिका 'एनकाउंटर' के सम्पादक की हत्या राजस्थान में 'गिरगिट' के प्रदर्शन पर प्रतिबन्ध, बिहार में रंगकर्मियों को कानूनी शिकंजे में फँसाया जाना, दिल्ली में दास्तान-ए-गैस कांड के प्रदर्शन पर पुलिस अवरोध ऐसे कारनामों के कुछ उदाहरण हैं।

"दिल्ली, बम्बई, कलकत्ता के लाखों मजदूरों का जीवन स्तर बहुत घटिया है। महंगाई जितनी पंजाबियों को परेशान कर रही है उतनी ही बिहारियों और हिमाचलियों और हरियाणवियों को—इसलिए ऐसी मूवमेंट का चलना जरूरी है जो इन सब लोगों के हितों को देखती हो और जिसमें ऐसे सभी लोगों का साथ लिया जा सके।"

उनके बाद बुलवाया गया लुधियाना के कामरेड सरूपसिंह को। उन्होंने अपनी बात कहने के लिए पहले स्पष्टीकरण दिया कि उनके विचार उनके अपने विचार हैं। किसी ग्रुप या पार्टी के नहीं। वे जैसा

इन दिनों सोच रहे हैं वैसा ही कह रहे हैं। इस पर यदि दूसरे साथी चाहें तो विचार कर सकते हैं। अगर उन्हें इस सोच में ज्यादा वजन न लगता हो तो छोड़ सकते हैं।

उनकी आवाज बड़ी धीमी आ रही थी इसलिए बलविन्दर ने उन्हें जरा ऊँचे बोलने को कहा। उन्होंने कहा :

"मुझे इधर लगता है कि हममें से ज्यादा लोगों को खालिस्तान का भूत सता रहा है। सोते-बैठते, उठते-जागते हर वक्त इस भूत का ख्याल रहता है। इसलिए हो सकता है कि मेरी इस विचारधारा के कारण मुझे भी खालिस्तानी समझ लिया जाए। मैं पहले ही साफ कर दूं कि मेरा खालिस्तान अथवा अकाली पार्टी के साथ दूर का रिश्ता भी नहीं है।

"अकाली पार्टी जिस तरह से मोर्चा चला रही है, वह कौमी मुक्ति का मोर्चा बनता जा रहा है। यह व्यापक मोर्चा बनता जा रहा है। बयासी से चौरासी तक इसके लिए डेढ़ लाख से ज्यादा स्त्री-पुरुष गिरफ्तारी दे चुके हैं। अकाली बिल्कुल वही कर रहे हैं जो एक सर्वहारा जमात को करना चाहिए। आज हिन्दुस्तान के पंजाबी इलाकों की दलाल सरमायेदारी हिन्दी दलाल सरमायेदारी के साथ मिलकर हमारी भाषा, सभ्यता, कला, साहित्य और इतिहास के नक्श बिगाड़ने पर तुली हुई है। हिन्दी दलाल सरमायेदारी पंजाबी दलाल सरमायेदारी के साथ मिलकर जबरदस्त लूट कर रही है। पंजाब से खरीदा हुआ नरमा दिल्ली, अहमदाबाद और कानपुर ले जाती है वहाँ से कपड़ा तैयार करवाकर पंजाब में बेचा जाता है फिर वे कामरेडों की तरफ मुड़े।

"हमारे कामरेड भाई", उन्होंने एक बार पूरे कमरे का जायजा लिया और वक्तव्य जारी रखा, "सिर्फ अन्तर्राष्ट्रीय पैमाने पर सोचते हैं। मार्क्सवाद, लेनिनवाद, माओवाद से हमें गाइड लाइन मिल सकती है और वे सब कोरे सिद्धान्त नहीं हैं, व्यवहार में परखी जाने वाली चीजें हैं। लेकिन अपने देश की परिस्थितियों पर जरूरी नहीं कि हम वही थ्यूरी लागू करें जो चीन में हुई या रूस में हुई। हमें अपनी परिस्थितियों में अपने ढंग अपनाने चाहिएँ तभी हम इस मशाल को जला सकेंगे। क्यों

न हमारे कामरेड इस मूवमैंट में कूद पड़ें और इसे सही अगुवाई देने की कोशिश करें···। मैं समझता हूं कि असल में जरूरत है इस मूवमैंट को इन्कलाबी दिशा देने की।"

उनकी इस बात पर खुसर-पुसर शुरू हो गई। इस वक्त तक कमरा खचाखच भर चुका था। कमरे से बाहर भी कुछ लोग जमा थे। खुसर-पुसर चारों ओर हो रही थी। बलविन्दर के साथ भी तारनसिंह कुछ बातचीत कर रहे थे। लगभग पांच मिनट तक सभा-संचालन का काम रुका रहा।

बलविंदर को खड़े होकर तीन-चार बार सुनिए-सुनिए कहना पड़ा। फिर कुछ के नाम लेकर चुप करने की प्रार्थना करनी पड़ी। उसने कहा, "साथी सरूपसिंह की बातचीत पर तीव्र प्रतिक्रिया हुई है। मैं साथी निरंजन से गुजारिश करूंगा कि वे इस पर अपनी राय प्रकट करें।"

निरंजन ने खड़े होकर सरूप पर बरसना शुरू कर दिया, "यह एक मुक्ति-संग्राम के प्रति उदासीन और अन्तर्राष्ट्रीय स्तर पर गड्डमड्ड समझ की अभिव्यवित है। उनके विचारों में बहाव है, सोच की दृढ़ता नहीं।···वे कहते तो हैं कि उनका खालिस्तान से कुछ लेना-देना नहीं है लेकिन उनके विचारों से ऐसा लगता है कि वे समझते हैं कि खालिस्तान, बलोचिस्तान सर्वहारा की मुक्ति के निशाने हैं। जबकि यह समझ गलत है, बेबुनियाद है और क्रांति की भ्रमपूर्ण धारणा को जाहिर करती है।"

स्वरूप ने बोलने के लिए 'एक मिनट' कह कर उठना चाहा लेकिन बलविंदर ने कहा, "आप उनकी पूरी बात सुन लें पहले।"

निरंजन ने फिर कहना शुरू किया, "साथी को समझ लेना चाहिए था कि यह मूवमैंट कुर्सी-युद्ध है, कौमी मुक्ति का संग्राम नहीं।···अब क्रान्तिकारी हिरावल देखने के लिए प्रयत्न करने की जगह गुरुद्वारों में लंगर छकेंगे और जनता को संघर्ष की जगह अरदास करने की प्रेरणा देंगे।"

इस बार तो सरूपसिंह खड़े हो गये, "मुझे इस पर सख्त ऐतराज है।" बलविंदर ने उन्हें बैठ जाने और निरंजन जी को अपनी बातचीत पूरी करने देने को कहा। सरूपजी ने कहा, "लेकिन यह सरासर हमला

है।"

निरंजन ने कहा, "आपने खुद जब सारे कामरेडों पर हमले किये तब···अब कहा है तो सुनने का जज्बा भी रखिए।"

तारनसिंह और इन्दरजीत ने भी उन्हें बैठ जाने के लिए कहा। बलविंदर ने उन्हें दुबारा बोलने देने का वायदा किया और कुछ न समझ पाने की शक्ल लिये स्वरूप बैठ गये।

निरंजन ने फिर अपनी बात शुरू की, "साथियो ! मेरा मकसद किसी की भावनाओं को चोट पहुँचाने का नहीं है लेकिन मैं इतना जरूर कहूँगा कि साथी स्वरूपसिह···हालांकि अगर वे ऐसी ही बयानबाजी करते रहेंगे तो मुझे 'साथी' संबोधन पर दुबारा विचार करना पड़ेगा··· उनका पूरे का पूरा वक्तव्य क्रांतिकारी चेतना के क, ख, ग के विपरीत है। उसमें मूल प्रेरणा जड़वाद की हिफाजत की है और जड़वाद को सौ गुणा हजार गुणा करके लागू करने से जनता की समस्याएँ हल नहीं होंगी। यह कि हम डैमोक्रेसी के झूठ को छोड़कर जट्टवाद के खन्दक में चले जायेंगे। मैं इस विषय पर यहाँ ज्यादा विस्तार से बात नहीं करना चाहता और साथी बलविंदर से भी अनुरोध करूँगा कि वे आगे बोलने वालों को पूर्ववत मूल समस्या पर ही बोलने के लिए कहें···इस पर अलग से एक विचार चर्चा रखी जा सकती है।"

अविनाश अब तक सभी वक्ताओं को सुनता रहा था, बीच-बीच में एक वक्ता बोल कर हटते तो उसे लगता कि शायद उसे बोलने के लिए कहा जायेगा लेकिन फिर जब कोई दूसरा नाम सामने आ जाता तो अपने बोलने की बात स्थगित कर देता। कई बार उसे लगता जैसा वह सोचता था वैसा कहा जा चुका है। अब तक उसे लगने लगा कि एक तो उसके पास कहने की कोई खास बात रही नहीं, दूसरे उसके बोलने की जरूरत भी नहीं समझी जा रही।

तभी बलविदर नें उसको बोलने के लिए कहकर चौंका दिया। असली झटका उसे तब लगा जब बोलने के लिए खड़ा होते ही उसकी नजर लड़कियों पर पड़ी। पहली डा० गीता थी। वे महिलाओं के लिए एक आठ या सोलह पेजी पर्चा निकालती थीं। दूसरी पर नजर पड़ते ही

उसके दिमाग में पाँच-सौ वाट के हजार बल्ब जलने और बुझने की हालत हो गई। वह हरदीप थी। एकदम हरदीप। बेशक अविनाश की चेतना को इस स्टेशन से निकलने में कुछ सैकिण्ड ही लगे लेकिन वे कुछ सैकिण्ड भी जलजले से होकर निकलने जैसे थे।

बमुश्किल अविनाश के मुँह से फूटा, "साथियो! बहुत कुछ पंजाब समस्या के बार में कहा जा चुका है—" उसे लगा कि उसकी लड़खड़ाहट अभी काबू में नहीं आ रही। उसने फिर पूरी तरह से चेतन होने के लिए जोर मारा···

"मैं इस संबंध में यह कहना चाहता हूँ कि हमें बहुत ठोस कदमों से चलना होगा। पूरे यथार्थवादी ढंग से नजरों के पैनेपन के साथ देखना-समझना होगा, जैसे हम पानी में डूबते वक्त करते हैं। यदि हमें डूबने से बचना है तो।···नहीं तो एक-दूसरे के गले पड़ने का पूरा मौका है। अनेक शक्तियाँ 'बक अप', 'बक अप' कर रही हैं।···मैं यदि गुरु गोविन्द सिंह की जुझारू नीति का बहुत आदर करता हूँ तो यह मेरी भावना है। शक्लो-सूरत से मैं हिन्दू हूँ और संकटकाल में हिन्दू ही माना जाऊँगा। सुमीत, 'प्रीतलड़ी' का संपादक अपने कटे केशों के कारण हरियाणा से बच कर निकल आया लेकिन पंजाब में हिन्दू समझ कर मार दिया गया। अकेली भावना और कोरा आदर्श दूर तक चलता नहीं। महात्मा गांधी ताउम्र अहिंसा का जाप करते रहे लेकिन उनकी मृत्यु हिंसा से हुई।"

अविनाश को लगा कि उसकी बात को ध्यान से सुना जा रहा है, इसलिए उसने आगे कहना शुरू किया, "आप सभी जानते हैं आर्थिक, राजनैतिक, सामाजिक माँगों को लेकर शुरू हुआ यह आन्दोलन साम्प्रदायिक मार-काट की शक्ल इख्तियार कर गया है। जहाँ संत भिंडराँवाले की नीति इसके लिए जिम्मेदार है वहीं क्या सरकार की लटकाने वाली नीति और सरकारी ढांचे के मूल तत्व इसके लिए जिम्मेदार नहीं हैं? पहले जानबूझ कर इसे जहरीला फोड़ा बनने दिया गया, फिर बेवक्त और गलत ढंग से 'नीला तारा' आप्रेशन करके सिख मानसिकता को चोट पहुँचाई गयी। धार्मिक जजबात दबाव में और भी भड़कते हैं। हालात यह है कि आज संत भिंडराँवाले और इंदिरा जी दोनों नहीं

हैं, लेकिन अपने-अपने सैक्टर में दोनों जिन्दा हैं।

"जहाँ तक तमाम कम्युनिस्ट पार्टियों और ग्रुपों के मोर्चे का सवाल है, मैं समझता हूँ कि पंजाब में इनकी कोई कारगर भूमिका नहीं रही है। कोई कारगर भूमिका होती तो आज हालात यह न होते। यह दोष उनके संगठन में है, नीतियों में है या लीडरशिप में, यह वही देखें। बटाला का उदाहरण लिया जा सकता है। वहाँ लगभग एक महीने तक बंद रहा है। अगर कम्युनिस्ट पार्टियों में से कोई ग्रुप भी वहाँ की मजदूर जमात को संगठित कर कुछ कार्यवाही करता तो दशा बदल सकती थी। कम्युनिस्ट लीडरशिप अगर कोई दिशा दे सकी होती तो पंजाब में यह धर्म का अन्धा जुनून नहीं होता। इसकी बजाय लोग उनके गले पड़ते जो महगाई बढ़ाते हैं, जो बिजली नहीं देते, जो बेकारी के जिम्मेदार हैं और जो हिन्दू-सिख को लड़ा रहे हैं।

"जितनी आग इस वक्त तक लगाई जा चुकी है, उसे देखते हुए यह बैठक हमारे किये जाते प्रयत्न बहुत छोटा-सा रोल अदा कर सकते हैं, लेकिन हमें इसे हाथ से नहीं जाने देना चाहिए। ऐतिहासिक करवट में कई दफा छोटी-छोटी चीजें भी व्यापक बन जाती हैं और पूरा प्रभाव छोड़ती हैं।" बैठने से पहले अविनाश की नजरें हठात हरदीप की तरफ उठीं। हरदीप उसकी तरफ ही देख रही थी एकटक।

सरूप ने फिर बोलने के लिए समय माँगा लेकिन पीछे से किसी ने आवाज कसी कि यदि स्वरूप बोलेंगे तो निरंजन फिर बोलेंगे। बलविंदर चक्कर में पड़ गया। तारनसिंह ने विवाद मिटाने की गर्ज से कहा कि इस विषय पर अलग से एक बैठक बुलाई जा सकती है और बहस रखी जा सकती है। इन्दरजीत ने भी तारन की बात को समर्थन दिया और कहा कि समय भी काफी निकल चुका है। हालात खराब है और कुछ लोगों को शायद दूर जाना है। स्वरूप गुस्से में उठकर चले गये। बलविंदर ने उन्हें रोकना चाहा लेकिन तारनसिंह ने मना कर दिया और कहा कि आगे की कार्यवाही चलायें।

फिर बहस एक्शन हुई। कुछ लोगों का ख्याल था कि मुहल्ला कमेटियाँ बनायी जायें, कुछ का विचार था कि पहले रैलियाँ निकाली

जायें। एक सुझाव यह भी था कि एक्शन कमेटी बना दी जाये। सर्व-सम्मति से एक्शन कमेटी के मैम्बरान चुने जायें। जो एक्शन मुनासिब समझें, वही लिया जाये। अन्त में सबसे पहले चण्डीगढ़ में एक रैली किये जाने का प्रस्ताव पास हो गया।

अविनाश ने बाहर निकल कर चप्पल पहनी। शहर के चप्पे-चप्पे पर रात के डैने पसर चुके थे। अपनी साइकल देखने के लिए उसने मुंडेर से झाँका। इन्दरजीत आकर उसके पास रुक गया, "कभी अमृतसर आओ तो मिलना" उसने उसके कन्धे पर हाथ रख कर कहा। "जरूर" अविनाश ने कहा। इन्दरजीत ने अपना पता लिख कर दे दिया।

अविनाश का ध्यान हरदीप की तरफ था। वह बाहर निकल कर चप्पलें ढूँढ़ रही थी।

इन्दरजीत उसे बता रहा था कि किस तरह पुतलीघर के पास एक मामूली-सी बात पर उठा हुआ विवाद हिन्दू-सिख झगड़े का रूप ले रहा था। अगर मौके पर वे लोग नहीं होते तो जरूर चार-छह लाशें गिर गई होतीं।

हरदीप को चप्पल मिल गई थी। वह पहन कर उनकी तरफ ही आ रही थी।

इन्दरजीत कह रहा था कि कभी-कभी उसे लगता है कि तमाम वैज्ञानिक प्रगति के बावजूद हम लोग उल्टे कदमों से चलकर किसी अन्धकार की तरफ बढ़ रहे हैं।

हरदीप उनके पास ही आकर रुक गई। उसने अविनाश को नमस्कार किया और शिष्टाचार के नाते इन्दरजीत को भी। इन्दरजीत ने यह देख कर कि वह अविनाश से बात करना चाहती है, अविनाश से विदा ली।

"आप वाकई अच्छा बोले।" हरदीप ने इन्दरजीत की जगह खड़े होकर कहा।

"धन्यवाद ! मैं तो तुम्हें यहाँ देखकर चौंक गया।"

"क्यों ? अगर आप सूचना नहीं दें तो क्या हमें बिल्कुल कुछ पता नहीं चलता ?"

"इस बात का जवाब और बहुत-सी बातों के साथ दिया जा सकता है। चलो, चलते हैं। मेरा सिर दर्द कर रहा है, कहीं चाय-कॉफी पीते हैं। फिर मैं तुम्हें घर छोड़ दूंगा।"

"लेकिन अभी हरपाल स्कूटर से मुझे लेने आने वाला है।"

"हम यहाँ बलविंदर को कह जायेंगे कि हरपाल को बता दे कि मैं तुम्हें साथ ले गया हूँ और छोड़ दूंगा।"

"लेकिन ?"

"क्या बात है, डरती हो कि घर में मेरे उड़ा ले जाने पर बुरा मनाया जायेगा।"

"नहीं, वो बात नहीं।"

"तो बात है क्या ? तुम जानबूझ कर मुझे काट रही हो। मेरी अव-हेलना कर रही हो। और इसके बारे में बिल्कुल अनजान बनी रहना चाहती हो।" अविनाश की आवाज में तल्खी थी और उसकी आवाज इतनी उठ गई थी कि सैंडिल पहनती डा० मीता ने भी उधर देखा। अविनाश शायद आगे भी कुछ कहता लेकिन हरदीप ने कहा—"चलिए।"

"यकीन करो तुम्हारी इजाजत के बगैर मैं तुम्हें···"

"चलिए भी।"

अविनाश ने बलविन्दर से इजाजत ली लेकिन तभी डा० मीता ने उसे टोका और कहा कि एक मिनट रुकें।

मीता अपने बैग से दबी कुचली औरतों के बारे में एक पत्रिका निकाल कर लाई और उसे देते हुए कहा कि पढ़ कर अपनी राय दें। एक साफ-सुथरे ढंग की पत्रिका निकालना और वह भी बगैर किसी समझौते के, कितना मुश्किल है यह तो वे जानते ही हैं।

अविनाश ने पत्रिका लेकर अपनी राय और चन्दा भिजवाने का वायदा किया।

सीढ़ियाँ उतरते हुए उसने हरदीप से कहा, "जरा ध्यान से, अँधेरा है।" जेब से चाबी निकाल कर साइकल का ताला खोला और हरदीप के साथ हो लिया। आज वह हरदीप से बहुत-सी बातें करना चाहता था। घर-परिवार के बारे में, घटिया नौकरी के बारे में, अपनी उपेक्षा

और अपेक्षा के बारे में—दुनिया जहान की ढेर-सी बातें और ढेर से जख्म हरदीप के सामने खुलेंगे। उसने सोचा कि यहाँ से केसरी तक पैदल जायेंगे। वहाँ कॉफी लेंगे फिर पैदल हरदीप के घर तक। इस तरह उसे इफरात से बातें करने का मौका मिलेगा।

उसने कहना शुरू किया, "मुझे लगता है कि हमारा सब कुछ भ्रष्टाचार की नींव पर खड़ा है। हमारी शिक्षा, सेहत, खेलकूद, शक्ति, खुशहाली, रिश्ते-नाते, दोस्तियाँ, प्यार-प्रेम सब कुछ को यह भ्रष्टाचार का दीमक चाट रहा है।"

उसने हरदीप की तरफ देखा। वह बिल्कुल उसके बराबर चल रही थी और उसकी बात का एक-एक शब्द बड़े ध्यान से सुन रही थी।

"यह तमाम चीजें कितनी बड़ी नेमतें हैं लेकिन···" वे लोग बमुश्किल शास्त्री चौक पार कर पाये होंगे तभी एक स्कूटर की लाइट सीधी उनकी आँखों में पड़ी। फिर बिल्कुल करीब आकर बुझ गई और स्कूटर की आवाज बंद हो गई। स्कूटर पर हरपाल था।

उसने अविनाश को 'सतसरी अकाल' की और हाथ मिलाया। "मनजीत भाजी दुकान से बहुत लेट आए। मैंने समझा तुम कब की जा चुकी होगी। मीटिंग तो सात बजे खत्म होने वाली थी न!" उसने हरदीप से कहा।

"नहीं आठ ही बज गए खत्म होते-होते।"

"तुम दोनों रिक्शा ले लो घर के लिए, मैं चलता हूँ। लेकिन आपके पास साइकल है।"

"फिर क्या? तुम स्कूटर धीरे चलाना। ये साइकल से चलेंगे।"

"नहीं, मैं घर नहीं आ पाऊँगा। मुझे कहीं जाना है।" अविनाश ने बुझी आवाज में कहा।

"कहाँ जाना है आपको? अभी तक तो कोई कार्यक्रम नहीं था।" हरदीप ने पूछा।

"मुझे मंगल भाई के यहाँ जाना है। पहले से तय था लेकिन मुझे याद नहीं था।"

"छोड़िए। घर चलिए। मैं अच्छी कॉफी बना लेती हूँ। फिर आपके

सिर में दर्द है। थोड़ी देर वहाँ आराम कर लेंगे।"

"नहीं ! मंगल लोग इन्तजार कर रहे होंगे। फिर कुछ ऐसा दर्द भी नहीं है।"

हरदीप समझ रही थी कि मंगल के यहाँ जाने का बहाना है। वह इस बहानेबाजी की वजह भी समझ रही थी, लेकिन अविनाश साइकल पर सवार हो चुका था और हरपाल से हाथ मिलाकर विदा ले रहा था।

"घर चलिए न। कई दिनों से आप आए नहीं। भापाजी पूछ भी रहे थे।" हरपाल ने कहा।

"भापाजी से कहना कि मैं फिर कभी आऊँगा।" और जोर के साथ साइकल का पैडल मारा और चल दिया। हरदीप की तरफ देखा तक नहीं।

स्कूटर के पीछे बैठी हरदीप जब अविनाश के पास से गुजरी तब उसने विश के लिए हाथ उठाया लेकिन अविनाश ने जैसे देखकर भी नहीं देखा।

अविनाश के साइकल की चैन उतर गई। वह उतर कर चढ़ने लगा। मंगल के यहाँ उस शाम उसे न जाना था। न वह गया। एक बार उसका जी चाहा कि वापिस बैठक स्थल पर चला जाए। इन्दरजीत, डा० मीता, बलविन्दर वगैरा अभी वहीं होंगे। थोड़ी देर उनके साथ गुजारे, लेकिन फिर वह अपने एकान्त अंधेरे कमरे की तरफ चल दिया।

सात

रामरत्न को वकील एन० एस० घई की मुंशीगिरी करते हुए तीन साल गुजर गए थे। इन तीन सालों में मुंशीगिरी के काम के लटके वह नहीं सीख पाया था।

उसे अदालतों में धक्के खाने वाले लोग इतने बेबस और निरीह लगते थे कि वह उनसे पैसा नहीं बटोर पाता था। दूसरे मुंशी जितनी आसानी से हर पेशी पर मुवक्किल की जेब से नोट निकलवा लिया करते थे वह नहीं कर पाता था। कई बार ऐसा हुआ है कि मूंडने के लिए उसने उस्तरा तो तेज किया है लेकिन ऐन वक्त पर उस्तरे को बक्से में डाल दिया है। उसे लगने लगता है कि वह एक लुटे हुए आदमी को लूट रहा है या किसी ऐसे आदमी से आखरी लंगोटी छीन रहा है जिसने नहाने के लिए कपड़े बाहर रखे थे और कोई नकदी, घड़ी, कपड़े और जूतों सहित चम्पत हो गया।

वह पैसे माँगने के मामले में हकला कर रह जाता और बाद में डाँट भी खाता और खुद भी पछताता। वकील साहब उसे बुद्धू मानने लगे थे। दूसरे मुंशी उसे समझाते—घोड़ा घास से यारी करेगा तो खायेगा क्या। मुंशी रामसरन ने उसे कुछ दिन श्मशान घाट या हरिद्वार के पण्डों के साथ गुजारने की सलाह दी। वे लोग तो मुर्दे के शरीर और राख की बुनियाद पर धन्धा चलाते हैं।

रामरत्न ने इस बीच कई बार बैंक, पी एण्ड टी, रेलवे वगैरा के क्लर्क पद के फार्म भरे, लेकिन किस्मत ने साथ नहीं दिया। उसे समझ नहीं आता था कि ऐसी नौकरी और उसके बीच फासला आखिर किस बात का है?

माँ कहती तुम्हारा तो पढ़ा-लिखा सब रेत पर बह गया। तुम इतना पढ़-लिखकर चार सौ कमाते हो। शोकी रेहड़ी वाला बिना पढ़ाई किए सात-आठ सौ रुपया महीना नहीं छोड़ता।

रामरत्न ने कह-कहलवा कर अपनी पगार साढ़े चार सौ तक करवा ली थी लेकिन चीजों के भाव देखकर उसकी रूह फना हो जाती। सिर्फ सब्जी खरीदने जाता तो बहुत कतर-ब्यौंत करने पर भी सात-आठ रुपये खर्च हो जाते और वह ठगा-सा झोला लिये घर लौटता।

जसमेल फोटोस्टेट की दुकान से वह वकील साहब के मुकदमे की कापियाँ बनवाया करता था। वे उसे भरोसे का आदमी समझते थे। जितने का बिल वह लाता उतने अदा कर दिए जाते बगैर पड़ताल किए।

एक दिन उसने जसमेल से बीस कागजात की तीन-तीन कापियाँ बनवाईं। एक रुपया पहली कापी का, पचास पैसे दूसरी और तीसरी कापी के। चालीस रुपये का काम था। जसमेल ने भूल से पचास रुपये का बिल बना दिया। बिल लेकर उसने जेब में डाल लिया और पैसे देते वक्त मन ही मन में दुबारा हिसाब लगाकर कहा, "चालीस बनते हैं।"

"चालीस ही दे दो।" जसमेल ने कहा।

उसने पचास का नोट देकर दस रुपये वापिस ले लिए।

"बिल ठीक कर दूँ?" जसमेल ने पूछा।

"छोड़ो।" कहकर कागज समेट कर वह बाहर आ गया।

'छोड़ो' कहते वक्त ही उसके दिल में एक मामूली-सा फर्क आ गया था। यह फर्क उसे बार-बार कुरेदता रहा। उसका जी चाह रहा था कि दस रुपये गोल कर जाएँ। यह बात पहली बार उसके मन में आ रही थी और उसका पीछा नहीं छोड़ रही थी। इन दस रुपयों से वह माँ को प्लास्टिक की चप्पलें लाकर दे सकता है। उनकी चप्पल बिल्कुल टूट चुकी थी।

लेकिन अगर जसमेल ने वकील साहब को बता दिया तो सारा किया-कराया चूल्हे में चला जाएगा। चार साल से ज्यादा अरसे का बना हुआ विश्वास एकदम टूट जाएगा।

जसमेल को क्या पड़ी है यह बताने की। और वकील साहब कौन उनसे पूछने जा रहे हैं? जैसे यही एक बात बची है उनके दरियाफ्त करते-फिरने की। फिर कौन साबित कदम है इस जमाने में? जिसका जहाँ दाव चलता है गिरह लगता है और तीतर हो जाता है।

यार दस रुपये की ही बात है। दस रुपये के पीछे अपना करेक्टर खराब करेंगे। उसने हातिमताई के अन्दाज में मन में कहा।

उसने जाकर कागजात वकील साहब को सौंप दिए।

"अच्छा, हो गए। कितने पैसे लगे?"

रामरत्न ने रसीद आगे बढ़ा दी। कुछ कहा नहीं।

घई साहब ने पर्स की जिप खोल कर सौ का नोट बढ़ा दिया और पचास रुपये फोटोस्टेट के और पचास रुपये मोहन सिंह के केस में जुर्माना भरने के। "उसका जुर्माना जमा करवा दो और रसीद ले आओ।"

'हाँ' और 'न' के बीच चलते-चलते भी रामरत्न ने दस रुपये अपनी जेब के हवाले कर लिये। पूरा दिन और पूरी रात उस पर इसका बोझ रहा। नींद उसे तभी आई जब उसने दस रुपये घई साहब को दूसरे दिन जाकर दे देने का फैसला कर लिया।

वकील साहब ने स्कूटर की चाबी देखने के लिए काले कोट की जेब में हाथ डाला तो पता चला कि बच्ची के डेट आफ बर्थ के सर्टिफिकेट की फोटो काफी करवाने के लिए सुबह जेब में डाला था। जेब में ही रह गया। कापी उसके स्कूल में दी जानी थी। दो-चार मिनट पहले ही उन्होंने रामरत्न को छुट्टी दे दी थी।

"जाते वक्त जसमेल से करवा लेंगे।" उन्होंने सोचा।

जसमेल की दुकान पर स्कूटर रोककर उन्होंने फोटो कापी तैयार करवाई और पर्स खोलकर पाँच का नोट बढ़ा दिया।

"रहने दें जहाँ इतना काम होता है वहाँ एक कापी का क्या है?" जसमेल ने नम्रता से कहा।

"नहीं, नहीं। पैसे तो तुम्हें लेने ही पड़ेंगे नहीं तो काम भेजना बन्द कर दूंगा।"

लाचार उसे पैसे लेने पड़े। चार रुपये लौटा कर उसने कहा, कि गिन लें, कहीं उससे भूल न हो जाए।

"तुमसे क्या भूल होगी ?"

"भूल सभी से हो सकती है, घई साहब। आज की ही बात बताऊँ, रामरत्न से चालीस रुपये लेने थे बीस कागजों के। बिल काट दिया पचास रुपये का।"

"क्या ?"

"हाँ जी, फिर बिल तो ठीक नहीं किया, लेकिन दस रुपये लौटा दिए।" घई साहब ने स्कूटर स्टार्ट किया और चल दिए। लेकिन कोई चूल हिल गई थी जैसे। उन्होंने बी० एम० सी० चौक से स्कूटर वापस मोड़ा। 'पता नहीं कब से क्या-क्या चल रहा होगा।'

जसमेल से पूछा कि रामरत्न ने पैसों के मामले में उससे साँठ-गाँठ तो नहीं की। जसमेल ने सूखे काठ की कसम खाकर कहा कि रामरत्न ने कभी एक पैसे की गड़बड़ नहीं की। वह तो बहुत ही सीधा और शरीफ आदमी लगता है।

रात सोते वक्त वकील साहब को रामरत्न का ख्याल रहा। उन्हें उसमें कोई खास खोट नजर नहीं आया। फिर भी वे तय कर चुके थे कि अब उसे अपने पास नहीं रखेंगे। उन्हें बार-बार लगता रहा कि रामरत्न को उन्हें बता देना चाहिए था, उसके पास दस रुपये ज्यादा चले गए हैं।

सुबह उठ कर डेरी से दूध लाना वकील साहब का पहला काम रहता है। दूध लेकर आते वक्त भी वे रामरत्न के बारे में सोच रहे थे। जबकि आम-तौर पर इस वक्त वे अपने सबसे पेचीदा केस के बारे में सोचा करते थे। तभी उन्हें जस्टिस एच० एल० चोपड़ा दीख पड़े। वे अपनी सिमटी की जंजीर थामे सैर से लौट रहे थे।

वकील साहब उनकी बहुत कद्र करते थे। उन जैसा न्यायप्रिय और बात की तह तक पहुँचने वाले जज आजकल के दौर में कम ही मिलते हैं। वकीलों के वाक्-जाल में कब वे सही बात तक पहुँच जाते हैं, कोई नहीं जान पाता।

दुआ-सलाम हुई। खैरियत पूछी गई।

जज साहब ने कहा कि घर का कामकाज, सौदा-सुल्फ लाने और बच्चों को दुपहर का खाना वगैरा पहुँचाने के लिए कोई लड़का निगाह में हो तो बतायें।

वकील साहब ने कहा कि वे रामरत्न को भेज देंगे। लड़का नेक है। बी० ए० पास होने का जिक्र उन्होंने किया नहीं कि कहीं वे मना न कर दें।

जज साहब ने कहा कि उन्हें तकलीफ होगी।

वकील साहब ने जवाब दिया कि कोई तकलीफ नहीं होगी।

अगले दिन रामरत्न को सफाई का मौका दिए बगैर वकील साहब की नौकरी छोड़कर जज साहब के यहाँ नौकरी शुरू करनी पड़ी। उसे इस बात का बुरा लगा कि उससे बिना पूछे यह तय कर लिया गया है। वकील साहब के दफ्तर के काम और जज साहब के घर के काम में बदलना भी उसे रिवर्ट होने जैसा लगा। लेकिन एक तो पहले दिन का दस रुपये वाला काण्ड और दूसरे नौकरी की जगह किसी दूसरे विकल्प के नहीं होने पर उसने इसे स्वीकार कर लिया। मरता क्या न करता। घर के लोगों को भूखे तो मारा नहीं जा सकता। जब पूरा निजाम अपने पढ़े-लिखों को धक्के खाने पर मजबूर कर रहा है तो यही सही।

उसकी क्लास में एक लड़का था राजेश्वर नाथ। एकदम नालायक फिसड्डी, लेकिन हद दर्जे का बातूनी और शरारती। कोर्स की किताबें बेचकर फिल्म देख आना उसके लिए बेहद मामूली बात थी। उसके माँ-बाप अनपढ़ थे। एक बार ब्लाटिंग पेपर खरीदने के नाम पर उसने अपने बाप से पचास रुपये ऐंठ लिये थे। परीक्षा सिर पर आ जाने से नकल मार कर पास होने के सिवा उसके पास कोई रास्ता न था। जैसे-तैसे वह बी० ए० पास कर गया था, लेकिन एक प्रार्थनापत्र तक नहीं लिख सकता था। एक दिन दुर्घटना में उसकी बाईं बाँह जाती रही। उसे 'फिजीकल हैण्डीकैप' होने के कारण खुराक विभाग में नौकरी मिल गई। आजकल वह रिक्शा लेकर रोज उसके सामने से निकलता है और रामरत्न को 'हलो' कहता है। फूल-सी कोमल लड़की से उसकी शादी हुई है। शाम को वे दोनों टहलने के लिए निकलते हैं। तब भी अगर रामरत्न

उसे दीख जाए तो विश जरूर करता है। रामरत्न थोड़ा और दुख जाता है। उसके मुहल्ले का ही एक और लड़का चमन लाल था। स्कूल के दिनों में उसने केश रख लिये थे और 'सिंह' सज गया था लेकिन नाम चमन लाल ही रहा। पढ़ता बहुत था। हर वक्त किताब खुली रखता। बन्द किताब भी उसके हाथ में होती तो अँगुली किसी लैसन में फँसी रहती। किस्मत की मार यह कि नम्बर तैंतीस-पैंतीस से ज्यादा कभी नहीं आए। वजीफा मिलने लगा था लेकिन शैड्यूल कास्ट होने का। हम कहा करते कि टीचर को उसकी पुस्तक-पूजा देख कर ही पचास-साठ नम्बर दे देने चाहिए। लेकिन टीचर-फटीचर चमनलाल और उसकी किताब न देखकर पेपर देखते और मर कर पास करते।

वही चमनलाल कोटे के अधीन पंजाब एण्ड सिन्ध बैंक में नौकरी पा गया और मोपेड से आने-जाने लगा था।

ऐसे में कभी-कभी उसका जी चाहता कि वह या तो शैड्यूल कास्ट होता या फिर फिजीकल हैण्डीकैप। कम-अज-कम सरकारी नौकरी तो मिल जाती।

फिर कभी वह तय करता कि जिन्दगी जैसी भी है वह इसे जीयेगा। आत्म-हत्या नहीं करेगा। कभी भी नहीं।…और…और कभी मौका मिला तो समाज में कोढ़ की तरह फैलती हुई बदइन्तजामी, भ्रष्टाचार, बेइन्साफी फैलाने वालों को कोड़े मार-मार कर पूछेगा—सालो मुझ जैसों ने आप लोगों के खेत में कौन-सी भूखी भैंस छोड़ दी थी जो हमारा यह हश्र किया?

फिर बहुत से सवाल उसके सामने आ जाते—यह मौका उसे मिलेगा कब? मौका उसे कौन दिलाएगा? कोई उसके लिए मौका क्यों दिल-वाएगा जब वह खुद ही कुछ नहीं करता? वह खुद करे तो करे क्या? और इन सवालों से टकराते-टकराते उसे नींद आने लगती।

जज साहब बहुत ही बढ़िया आदमी थे। नौकरों तक से कभी गुस्से से बात नहीं करते थे। उनकी बड़ी बिटिया सन्ध्या जो कि कालिज में पढ़ती थी बहुत ही शालीन और कुलीन थी। रामरत्न को उनके यहाँ काम करके खुशी ही मिलती। काम था ही कितना। अजय और आरती

को स्कूल छोड़ देना और ले आना। सुबह भैंस का दूध और शाम को बच्चों के लिए गाय का दूध लाना। दुपहर को दोनों बच्चों को टिफिन पहुँचाना। मार्किट से छोटी-मोटी चीजें खरीद कर लाना। जज साहब की मेज-कुर्सी की सफाई और किताबों को करीने से रख देना।

उसकी ड्यूटी का समय जरूर बढ़ गया था। वकील साहब के यहाँ उसे सात बजे तक छुट्टी मिल जाती थी लेकिन यहाँ वह नौ से पहले घर न पहुँच पाता। आठ बजे घर के सभी लोग खाने की मेज पर जुटते थे। खाना खाने के बाद उसे बरामदे से टेलीफोन और टी० वी० जज साहब के कमरे में पहुँचा देना होता था। रात को वे सिर्फ न्यूज ही टी० वी० पर देखते थे। बाकी कमरों में टी० वी० था ही। इस तरह वह नौ बजे घर पहुँच पाता। घर पहुँचना उसे ऐसा लगता जैसे वह क़िसी नगर से खण्डहर में आ गया हो। पोश कालोनी की जगह बस्ती। बंगलों की जगह तिड़कते हुए मकान। फूलों से लदे पार्कों की जगह गन्दी नालियों की बदबू। भव्यता की जगह फटे हाल मामूलीपन।

एक दिन बरामदे में अजय होम-टास्क कर रहा था। एक प्रश्न नहीं आने पर वह सन्ध्या को पुकार रहा था। सन्ध्या के नहीं आने पर उसने नोट बुक पटक दी।

रामरत्न ने नोट बुक उठाई और अजय से कहा कि वह उसे सवाल करवा देगा। अजय की मासूम आँखों में अविश्वास था। रामरत्न ने पूछा कि कौन-सा सवाल है। अजय ने बताया कि तीन प्वाइन्ट दो का तीसरा। रामरतन ने सवाल देखा। बहुत ही आसान था। उसने अजय को बड़े दुलार से समझा दिया।

हरदीप जब सन्ध्या से मिलने आई तब रामरत्न सवाल समझा रहा था।

हरदीप ने पूछा—"सन्ध्या ?"

"वे नहा रही हैं। आप बैठिए।" रामरत्न ने कुर्सी आगे कर दी।

"आपके लिए चाय लाऊँ या ठण्डा ?"

"नहीं, सन्ध्या नहा लेगी तभी लेंगे।"

"तुम पहले कहाँ काम करते थे, रामरत्न ?"

"वकील एन० एस० घई साहब के यहाँ।"

"उनकी कोठी में ?"

"नहीं, कचहरी में उनकी मिसलें देखा करता था।"

"तुमने पढ़ाई कहाँ तक की है ?"

"बी० ए० तक।"

"अरे···यह तो बड़ा अनर्थ है।"

सन्ध्या नहा कर आई तो हरदीप को अपने कमरे में ले गई।

"एकदम नहा कर निकलने पर बहुत खूबसूरत लगती हो तुम।"

"हम लाख नहा लें, लेकिन तुम्हारे रूप को छू भी नहीं सकते।"

"झूठी।"

रामरत्न नींबू-पानी देकर गया तो हरदीप ने कहा, "अरे यह रामरत्न तो बी० ए० पास है। इसके लिए कोई ऐसा काम क्यों नहीं चुनते आप लोग जो पढ़े-लिखों का हो।"

"अब रामरत्न पर मरने लगी। उस अविनाश बेचारे का क्या होगा? जरा सोचो तो।"

सन्ध्या की शरारत पर हरदीप चहक न सकी। उदासी की एक पर्त उसके चेहरे पर छा गई। सन्ध्या ने इसे मार्क किया।

"क्या बात है, तुम उदास हो गईं ?"

"नहीं, कुछ खास नहीं।"

"तुम कुछ छिपा रही हो। अच्छा, मत बताओ। जब बताने को मन होगा तो बताना मुझे ही।"

"अखबार पढ़ रही थी क्या ?"

"अखबार तो देखकर कँपकँपी होती है आजकल। एक भी दिन ऐसा नहीं निकलता जब कम-अज-कम दो-चार लोगों की हत्या न की गई हो। मेरी समझ में नहीं आता कि हम लोग आगे बढ़ रहे हैं या उल्टे कदमों से पीछे की तरफ जा रहे हैं। लीडर लोग धर्म के नाम पर जनता को भड़का कर अपनी कुर्सियों की हिफाजत कर रहे हैं और लोग एक-दूसरे का गला काटने को उतारू हैं।"

"जनता को जब कोई दिशा ही नहीं दी जा रही तो यही सब

होगा।"

"मुझे लगता है विज्ञान की लाख प्रगति के बावजूद हम लोग अपने-अपने संस्कारों से बिल्कुल जाहिल हैं। धर्म हमारा सबसे सेंसेटिव मसाला है। वे लोग इस कमजोरी से परिचित हैं और सत्ता चलाने के लिए इस सेंसेटिव मसले से छेड़छाड़ करते रहते हैं। वोटों के वक्त यही देखा जाता है कि कौन किस एरिया से हिन्दू वोट ले सकता है, कौन किस एरिया से सिख या मुसलमान वोट ले सकता है। अकाली लीडरशिप का उग्रवादियों के प्रति उदार रवैया है, वोटों के कारण। केन्द्रीय सरकार लौंगोंवाल-राजीव समझौते को लंगड़े ढंग से लागू कर रही है वोटों के कारण।···मुझे नहीं लगता कि अब हम जिन भयावह परिस्थितियों में धकेल दिए गए हैं वहाँ से कभी बाहर आ पाएँगे।"

"बाहर निकलने की एक सूरत हो सकती है। वह यह कि पंजाब के ऐसे तमाम लोग जो न तो खालिस्तान चाहते हैं न हिन्दू राज्य, एक मोर्चे पर इकट्ठे हो जाएँ।" फिर हरदीप ने सन्ध्या को पिछले दिनों हुई बैठक के बारे में बताया। सन्ध्या ने कहा कि उसे चाहिए कि ऐसी बैठकों की पूरी रिपोर्ट उसे दिया करे। फिर खुद ही अपनी बात करते हुए कहा कि अब शायद उसकी काम करने की आजादी पर प्रतिबन्ध लगा दिए जाएँ।

"क्यों ? तुम्हारे पापा तो बहुत खुले मन के व्यक्ति हैं।"

"बात पापा की नहीं, हालात की है। अब पापा चाहेंगे कि मैं नजरबन्द की तरह रहूँ।"

"क्या हुआ, बताओ न ! तुम्हें मेरी कसम।"

"पापा को खालिस्तान कमांडो फोर्स की ओर से लिखा हुआ पत्र मिला है कि उन्हें और उनके परिवार को गोलियों से उड़ा दिया जाएगा।" कहते हुए सन्ध्या के होंठ थरथरा रहे थे।

"अरे !"

"मैंने आज पापा से कहा था कि वे कोर्ट नहीं जाएँ। उन्होंने कहा कि 'पागल ! डरकर काम नहीं छोड़ दिया जाता'।"

"लेकिन उन्होंने कुछ किया नहीं ?"

"क्या करेंगे ?"

"मेरा मतलब डी० सी०, सी० एम० को रिपोर्ट करें।" हरदीप के मुंह से निकला।

"यह सब तो शायद वे करें भी लेकिन इससे फायदा ? दो सुरक्षा-कर्मी दे दिए जाएँगे और क्या···और तुम जानती हो कि इससे कुछ होता-हवाता नहीं व उन लोगों ने जब भी जहाँ भी वारदात करनी चाही है पूरी कामयाबी से की है। सुरक्षा गार्ड या तो कुछ कर नहीं पाये या मारे गए। यदि अमृतसर में डी० आई० जी० अटवाल मारे जा सकते हैं और दिल्ली में इन्दिरा गांधी मारी जा सकती हैं, पुणे में जनरल वैद्य मारे जा सकते हैं, पुलिस उच्चाधिकारी रिबैरो के पुलिस किले में उन पर हमला हो सकता है तो पापा तो किसी जगह नहीं आते।"

हरदीप खुद मृत्यु के डर से सिहर गई। मृत्यु जैसे सन्ध्या के दरवाजे पर दस्तक दे रही थी। अतीत की बीसियों घटनाएँ उसके सामने थीं। उन लोगों ने जिसे भी टारगेट बनाया फिर उसे छोड़ा नहीं। सुरक्षा गार्ड साथ मूर्तियाँ बने रह गए। अभी अपनी बन्दूकें भी सीधी नहीं कर पाए कि वे लोग अपना काम पूरा करके दनादन गोलियाँ चलाते हुए निकल गए। कोई उन्हें रोक नहीं पाया और उनके निशाने को कोई बचा नहीं पाया। मौत का जाल उनके हाथों में रहा है जो उन्होंने फैलाया है, जाल समेटा है और चलते बने हैं। पीछे छूट जाती हैं परिवार की हृदय-विदारक चीखें, पुलिस पार्टी की पकड़ने की नाकाम कोशिशें और शहीद फंड या बीमा से मिलने वाली रकम···। पंजाब का प्रशासन जैसे अँधेरे में चल रहा है। कभी दो कदम इधर तो कभी दो कदम उधर। उग्र-वादियों की हिंसक घटनाओं के बाद हर बार पुलिस नये सिरे से सतर्क होती है। नियंत्रण के लिए नये कदमों की घोषणा होती है जबकि सरकार के दावों से लोग बुरी तरह ऊब चुके हैं।

उसने सन्ध्या की तरफ देखा। कितना साहस है उसमें। उसने शायद उसे बताया तक नहीं होता अगर विशेष प्रसंग नहीं आ जाता। उसने वीरता की बातें करते और शेखी मारते बहुत-से लोगों को देखा है लेकिन खुद को जरा-सा सेक लगते ही वे दुम दबाकर भाग खड़े होते हैं। मिडिल

क्लास की होचपोच में ऐसे लोगों की कमी नहीं। सन्ध्या क्या अपने पर झूलने वाली इस आँधी को झेल सकेगी ? उसे समझ नहीं आ रहा था कि ऐसे वक्त में हौसला बढ़ाने के लिए किन शब्दों का इस्तेमाल किया जा सकता है और उसके पास हौसला देने के लिए है ही क्या। सत्ता के बहरे कानों को कुछ नहीं सुन पड़ रहा। उसे सुनाने के लिए जिस आवाज को बुलन्द करने की जरूरत है, वह उतनी बुलन्द हो नहीं रही। झूठी तसल्ली देने के लिए लड़खड़ाते हुए लुंज-पुंज शब्दों का इस्तेमाल उससे हो नहीं पाता।

"मुझे कभी-कभी लगता है कि सभी राजनैतिक पार्टियों, सभी पत्रकारों, सभी विद्वानों ने पंजाब की जनता को अपने हाल पर छोड़ दिया है। कोई भी समस्या का हल निकालने में संजीदा नहीं है। पंजाब के लोग अपनी नियति को जीने पर विवश हैं। नियति, जिसे राजनीति के रक्तरंजित हाथ निश्चित कर रहे हैं।"

सन्ध्या बहुत धीमे लेकिन बहुत असरदार ढंग से बोल रही थी। जैसे टिटनेस के मरीज को अपने दमघोंटू अँधेरे के बारे में कुछ कहने का मौका और सूरतेहाल मिल रही हो। स्करालिंग के बाद उसके गले का पाइप निकाल लिया गया हो और वह बोलने में समर्थ हो गया हो।

हरदीप ने फिर आने की बात कहकर विदा ली। सन्ध्या ने भी उसे आते रहने का अनुरोध किया। उसके अनुरोध में तरलता थी।

दूसरे दिन रामरत्न को जज साहब ने बुलाकर कहा कि वह रोज शाम को चार बजे से पाँच बजे तक साइकल लेकर मार्किट में पिटमैन कालिज में जाया करेगा। उसकी एक माह की फीस अदा कर दी गई है और वहाँ उसे लगन से टाइप-शार्टहैंड सीखना चाहिए।

रामरत्न ने जज साहब को बहुत ही नेक और मितभाषी पाया। ज्यादा वक्त उनका किताबों में गुजरता। नौकरशाही की हवा और बड़प्पन की बदबू उन्हें छू नहीं गई थी। इस जमाने में जब एक से बढ़िया बँगले, खूबसूरत गाड़ियाँ, लम्बे बैंक-बेलैंस और कीमती प्रदर्शन सामान की हविस लोगों के दिलों में सुलग रही थी, वे सिर्फ अपने वेतन पर सन्तुष्ट थे। इस जमाने में जब ईमानदारी एक बड़ी चुनौती बनती

चली जा रही थी वे इस पर अडिग थे। शायद यही कारण था कि उनके दिए गए फैसले बहुत सही होते और चर्चा का विषय बन जाते।

गाँव में सुरजनसिंह की खूब लम्बी-चौड़ी जमीन थी। समझिए पूरे का पूरा गाँव ही उसी का था। उसके अपने चार बेटों के नाम जमीनें। पत्नी और बूढ़ी मौसी के नाम जमीनें। उसकी दोनों लड़कियों के नाम जमीनें। कहने वाले तो कहते थे कि सुरजनसिंह के कुत्तों के नाम भी जमीनें हैं। छोटी जात के पंजाबी और यू० पी०, बिहार से आई भैया लेबर ही सारी मेहनत-मजदूरी करती। सुरजनसिंह के पास धन और फुर्सत दोनों थे इसलिए वह नीली पगड़ी पहनकर अकाली पालिटिक्स में दखल देने लगे।

मँझला लड़का बेअन्त अपने कारनामों के कारण दूर-दूर तक चर्चित था। किसी की हड्डी-पसली तुड़वानी होती तो बेअन्त को भेजा जाता। लोग उसकी खरमस्तियों के मारे परेशान थे। शिकायत करते तो सुरजन सिंह चार मोटी-मोटी पंजाबी गालियाँ निकालते और कहते कि वह तो है ही ऐसा। मैंने तो उसे मुँह लगाना छोड़ दिया है। शिकायत लेकर आने वाले निरुत्तर लौट जाते।

फूलो चमारी जब भी हवेली में गोबर सँभालने आती, बेअन्त वहीं मँडराने लगता। एकाध दफे छेड़छाड़ की लेकिन फूलो ताव खा गई। बेअन्त ने ऐसे तेवर कभी देखे न थे। कहर की चढ़ती जवानी के तेवर होते ही हैं, मित्रों ने समझाया।

एक दिन चमादड़ी के पास ही कमाद के खेत में खींच लिया उसने फूलो को। फूलो की चीखें सुनकर लोग इकट्ठे हो गए। फूलो के फटे हुए कपड़े देखकर उनकी आँखों में खून उतर आया। बेअन्त की खूब ठुकाई हुई। वह वहीं खून थूकने लगा। अस्पताल तक पहुँचते-पहुँचते दम तोड़ गया।

सुरजनसिंह ने पुलिस के साथ मिलकर गाँव के सात आदमी ठुकवा दिए। एक को कालिज के होस्टल से धर पकड़ा। दूसरा उस दिन अम्बाला साले के विवाह के फेरे करवा रहा था, लेकिन सिर बहुत उठाता

था, इसलिए कत्ल के केस में गिरफ्तार कर लिया गया।

सुरजनसिंह चाहते थे कि सातों को फाँसी हो तभी उनके कलेजे ठण्ड पड़ेगी, नहीं तो बेअन्त की चिता उनकी छाती में जलती रहेगी।

वे खुद एक दिन जज साहब के यहाँ आए। रामरत्न को एक पीपा दे दिया और कहा कि इसमें घी है। जज साहब ने मँगवाया है। सन्ध्या उस वक्त किचन में ही थी। पीपा खोलकर देखा तो उसमें नोटों की गड्डियाँ। रामरत्न की आँखें फटी की फटी रह गईं। जज साहब बाहर निकले और उन्होंने सिर्फ इतना कहा, "आप बुजुर्ग हैं। मैं आपकी इज्जत करता हूँ और कुछ कहना नहीं चाहता। मेहरबानी करें और यह कनस्तर उठवाकर ले जाएँ। एकदम।"

रामरत्न इस घटना से बहुत प्रभावित हुआ। घरेलू नौकर को जब कोई आदर्श प्रभावित करता है तो वह जी-जान से काम करने लगता है। पौराणिक परम्परा में हनुमान जी जैसी आदर्श सेवा की भावना पहले से ही मौजूद है।

रामरत्न कल दिन में जब ए एस डी एफ जी सेमीकोलन एल के जे एच जे सीखकर लौटा तो बंगले में एक बन्दूकधारी देखा। रामरत्न को यह तो पता था कि कुछ दिन पहले दो कथित उग्रवादियों का केस उनकी अदालत में लगा है। उस सम्बन्ध में उन्हें फोन पर धमकियाँ दी जा रही हैं, इसका पता भी उसे जज साहब की सन्ध्या से हुई बातचीत से चल गया था। वह जानता था कि टस से मस नहीं होंगे और शायद फोन करने वाले भी समझ रहे थे, इसीलिए उन्होंने अपने साथियों को जेल से फरार करवा लिया था, लेकिन रामरत्न को एक दिन पहले मिले पत्र के बारे में मालूम नहीं था।

मालूम हो जाने पर भी रामरत्न कुछ नहीं कर सकता था, जज साहब की लम्बी उम्र की प्रार्थना करने के सिवाय। हालाँकि वह जान चुका था कि इससे कुछ होगा नहीं, क्योंकि कभी भी प्रार्थना से उसका कुछ बिगड़ा-सँवरा नहीं।

सन्ध्या ने गवर्नर और सी० एम को तारें भेज दीं और लिखा कि उनके पिता को बचाएँ। हालाँकि वह जानती थी कि इससे कुछ होगा

नहीं क्योंकि अक्सर ऐसी तारें और पत्र कुछ सँवार नहीं सके।

जब किसी घटना की आशंका हो और चार-पाँच दिन कुछ न घटे तो सारी की सारी मुस्तैदी सुस्ताने लगती है। वर्दियों के कलफ ढीले नहीं पड़ते, जूतों के फीते बदस्तूर कसे रहते हैं, पीतल का काम बराबर चमचमाता रहता है लेकिन इस सबके बावजूद क्षमता में दीमक-रोग झाँकने लगता है।

जज साहब के यहाँ फोन डैड हो गया था। सुरक्षा गार्ड का कहना था कि फोन जल्दी ठीक करवा लेना चाहिए। कथित दल खालसा की चिट्ठी मिले आठ दिन हो चुके थे। वारदात का खतरा टल गया लगता था और सब कुछ एक रुटीन में बदल रहा था। जज साहब निकले थे कि कॉलोनी के मुहाने पर कैमिस्ट की दुकान से फोन कर दें। कैमिस्ट की दुकान पर पाँव रखने ही वाले थे कि गोलियाँ चलनी शुरू हो गईं। एक उनकी बाँह में लगी, दूसरी कैमिस्ट के मर्तबान फोड़ती दुकान की दीवार में। काँच और रैपरों सहित गले और खाँसी की गोलियाँ जब तक फर्श पर बिखरतीं तब तक उन्हें दो गोलियाँ लग चुकी थीं। सुरक्षा गार्ड जब तक बन्दूक सँभालता और गोली चलाता तब तक उग्रवादी स्कूटर से भागने की तैयारी में थे। गोली उन्हें लगी नहीं। दूसरी गोली चली जरूर लेकिन तब तक वे निकल चुके थे और खून की बहती धाराओं के साथ जज साहब नीचे गिर चुके थे। रामरत्न मेज झाड़ता हुआ भागा और सन्ध्या अपने बिस्तर से अखबार छोड़कर एक्सप्रैस गाड़ी की रफ्तार का धड़कता हुआ दिल लिये।

"उन्होंने अपना काम कर डाला।" रामरत्न के मुँह से निकला।

सन्ध्या चीख उठी, "पापा···!"

"पापा को कोई अस्पताल ले जाए। यह बच जाएँगे।"

जज साहब ने बेटी की आवाज बहुत दूर घाटियों से आती सुनी। खून से लथपथ हाथ उठाना चाहा, उठा नहीं। आँखें खोलकर एक बार देखना चाहा लेकिन बिजली का बल्ब फ्यूज होने की तरह उनकी चाहतें जवाब देने लगीं। बूढ़ा कैमिस्ट चिल्लाता रहा—'कोई उनका पीछा करो।···उस तरफ गए हैं वे।···अभी बहुत दूर नहीं गए होंगे।' पुलिस

की जीप ने कोई देर नहीं की और बीस मिनट बाद ही वहाँ पहुंच गई। 'अब तक तो वे लोग घटनास्थल से बीस किलोमीटर से ज्यादा दूर तक का सफर तय कर चुके होंगे' बूढ़े कैमिस्ट ने सोचा लेकिन कहा कुछ नहीं। पुलिस के कौन मुँह लगे।

प्रशासन ने पूरी मुस्तैदी से काम किया। पुलिस के चार आदमी बंगले पर लगा दिए गए। चार आदमी शव साथ लेकर पोस्टमार्टम करवाने सिविल अस्पताल पहुँचे और पोस्टमार्टम तक वहीं रहे।

अगले दिन स्कूटर पकड़ लिया गया। यह भी पता लगा लिया गया कि स्कूटर कुछ दिन पहले पार्क के पास छीना गया था। स्कूटर नया था और केवल एक सौ तीस किलोमीटर चला था। यह अनुमान भी लगा लिया गया था कि यह उग्रवादियो के किस ग्रुप का काम हो सकता है।

खबर मिलते ही हरदीप जज साहब के निवास की तरफ भागी। उसकी भाभी नरिन्दर भी सफेद चुन्नी लेकर उसके साथ निकली। सरदार जी पहले अस्पताल गए और फिर घर। सन्ध्या का चेहरा पीला फक् हो चुका था।

अविनाश ने खबर सुनी तो उसने रमेश से कहा, "दफ्तर में किसी क्लर्क से अगर एक मामूली कागज भी एक दिन लेट हो जाए तो व्यवस्था उसे बहुत बड़ा गुनाहगार समझती है। इतने बेगुनाह लोग मारे जा रहे हैं और व्यवस्था इसे 'विदेशी हाथ' कहकर टाल देती है और समारोहों की तैयारी करने लगती है।"

शव यात्रा के वक्त सन्ध्या ने आँसू पोंछ लिये। रोने के लिए सारी उम्र पड़ी है।

उसे पता चला था कि गवर्नर साहब अर्थी पर फूल चढ़ाने आ रहे हैं। सरकार के इस तौर-तरीके ने उसे बुरी तरह झिझोड़ दिया। पहले अपनी जनता को भेड़-बकरियों के रेवड़ की तरह कसाइयों के हाथों खुलेआम सौंप देना और फिर उनके गले कटने पर आँसू बहाना। इतनी हिपोक्रेसी क्यों? क्यों आते हैं अब जब पहले उसके पापा की हिफाजत नहीं कर सके? अब वह क्या करेगी उनकी सूखी संवेदना का? गवर्नर साहब के आकर तसल्ली देने से उसके पापा लौट नहीं आएंगे। उसे कुछ

नहीं चाहिए। चाहिए तो अपने पापा। क्या गवर्नर साहब उनके प्राण लौटाने का कुछ कर सकते हैं?

हरदीप ने जज साहब का काफी खून बह जाने के बाद का चेहरा देखा और सोचा, 'व्यवस्था को हजार-दो हजार आदमी मर जाने का भी कोई फर्क नहीं पड़ता। उनके लिए प्रशासन चलना चाहिए चाहे खून की होली से चले।'

सन्ध्या ने हरदीप को पास बुलाया और कहा, "देखो, इसमें दो राय नहीं कि···पापा सरकार की करतूतों की भेंट चढ़ गए। मेरी कोशिश रहेगी कि मेरी आँखों से एक भी बूंद आँसू न गिरे···कम-अज-कम-आज," सन्ध्या ने रुक-रुककर कहा और उसकी सीपी-सी दोनों आँखें आँसुओं से भर आई।

"सुना है गवर्नर आ रहे हैं तसल्ली देने के लिए···मुझे यह जले पर नमक-जैसा लगता है···पापा चले गए···मुझे कुछ नहीं चाहिए···क़ीमत के तौर पर पचास हजार या लाख की रकम मुझे नहीं लेनी···हम निकम्मी सरकार के विरोध में नारे लगाएँगे···इसका परिणाम चाहे कुछ भी हो। तुम अविनाश को भी फोन कर देती···।"

जज साहब की अन्तिम यात्रा निकली। लोगों का विशाल हजूम उनके साथ था। कचहरी का काम-काज, जो कि गोलीकाण्ड के दिन भी नहीं रुका था, आज बिल्कुल ठप्प था। वकीलों की हड़ताल थी।

देखते ही देखते शव यात्रा-जुलूस में बदल गई।

सन्ध्या ने नारा लगाया, "अपने लोगों की हिफाजत कर न सके।"

भरपूर जवाब मिला—"वह सरकार निकम्मी है।"

हरदीप ने नारा लगाया—"मगरमच्छ के आँसू"

"नहीं चाहिए, नहीं चाहिए।"

रामरत्न ने कहा, "शहीद एच० एल० चोपड़ा"

"अमर रहें।"

अविनाश ने नारों को सँभाला—"कब तक होती रहेंगी हत्याएँ—जवाब दो जवाब दो।"

"कब तक मरेंगे बेगुनाह—जवाब दो जवाब दो।"

प्रशासन के पास इसका कोई जवाब नहीं था।

आठ

रात काफी देर तक अविनाश और सुरजन पोस्टर बनाने की योजना में लगे रहे। यह काम उनकी आतंकवाद-विरोधी मुहिम का एक हिस्सा था।

करीब दो बजे वे लोग अन्तिम रूपरेखा बना सके। अविनाश ने सुरजन को वहीं सो जाने के लिए कहा। बिगड़े हालात के कारण उसे इतनी रात गये भेजना अच्छा नहीं लग रहा था। लेकिन वह हर हाल में घर जाना चाहता था, क्योंकि अगली सुबह फिर उसे फरीदकोट के लिए निकलना था। काम में थके होने पर उन्हें उस वक्त चाय की तलब लग रही थी। बेशक उसके स्टोव में पम्प चलाना खासा मेहनत का काम हो गया था, फिर भी अविनाश ने उसे कहा कि वह चाय पीकर ही जाए।···लेकिन सुरजन रुका नहीं।

सुबह होने के साथ ही गुरुद्वारे से पाठ की आवाज आने लगी थी। गोकल की डेयरी से गाय-भैंस और चारा-सानी की आवाजें आने लगी थीं। उसकी मकान मालकिन तुलसी के चौरे पर पानी दे चुकी थी और अब भागवत-पुराण बाँचने लगी थी।

अविनाश जाग चुकने के बावजूद आँखें बन्द किये पड़ा था। उसे लग रहा था कि सुरजन को जैसे उसने अभी-अभी दरवाजे पर छोड़ा था। उसका मन थोड़ा और सो लेने का था···लेकिन अब उसे यह असम्भव लग रहा था।

अविनाश ने उठते ही चाय के बारे में सोचा, लेकिन स्टोव पिछले हफ्ते से खराब चल रहा था और पम्प चलाते रहने के लिए जितनी कसरत अनिवार्य थी, अविनाश सुबह-सुबह मानसिक रूप से उसके लिए

तैयार नहीं था। उसने बस स्टैंड के पास जाकर चाय पीने का फैसला किया। इससे चाय के साथ पंजाबी का अखबार भी मिल जाना था। उसका अपना अखबार जरा देर से आता था।

उसने पानी का गिलास लेकर चुल्ली की। नींद को बिल्कुल गायब करने की गरज से आँखों पर पानी के छींटे मारे। तौलिये से चेहरा हल्के-हल्के पोंछा। बालों में ऊपर से कंघी की, कुरता पहना और बाहर निकल पड़ा। सामने आ रही बुजुर्ग महिला उसकी तरफ देखकर मुस्करा रही थी। अविनाश अक्सर उन्हें दूध लेने जाते वक्त डेरी से आते-जाते देखता रहा है और हमेशा उन्हें देखकर उसके दिमाग में यह जुमला आता रहा है 'खण्डहर को देखकर पता चलता है कि यहाँ एक भव्य इमारत रही होगी।'

लेकिन जब से अविनाश ने उनकी शख्सीयत के बारे में नई बातें सुनी हैं तब से उसके मन में उनके प्रति आदर की भावना जागृत हुई है। यों भी पता नहीं क्यों वे अविनाश को दीप की झाई जी जैसी लगतीं।

नई बातें जो अविनाश ने उनके बारे में सुनी थीं, उसे आश्चर्यजनक लेकिन सुखद लगीं। आश्चर्यजनक इसलिए कि एक सीधी-सादी घरेलू लगभग पचपन पार हुई पारम्परिक महिला से उसे इसकी आशा नहीं थी। सुखद इसलिए कि पंजाब में झूल रही इतनी आँधियों के बावजूद कुछ दीपक अपनी उजास बिखेर रहे थे। उनके बारे में उसकी मकान-मालकिन ने जो कुछ बताया था वह अविनाश के लिए नया था।

उन्होंने उस दिन गुरुद्वारे के प्रांगण में डटकर कहा कि अमृत प्रचार के बहाने जो सिखों में भड़काहट पैदा की जा रही है वह ठीक नहीं है। यह ठीक है कि अमृतसर की नीला तारा कार्रवाई और नवम्बर के दिल्ली दंगों से हमारे दिल बहुत डर गए हैं, लेकिन इन चीजों के बारे में ठण्डे दिमाग से सोचना होगा। दिल्ली में जो काली आँधी चल रही है उसे ध्यान से देखें तो साफ पता चलेगा कि किसी साधारण हिन्दू ने किसी साधारण सिख पर हमला नहीं किया। सिस्टम के पाले हुए गुण्डा तबके ने खून और लूट का कोहराम मचाया। गुण्डा तबके को बाकायदा हिदायतें जारी की गई थीं और जिन्होंने ऐसी हिदायतें जारी की हैं वे

हमारे ही नहीं पूरे, देश के दुश्मन हैं।

उन्होंने यह भी कहा कि आज यह बहुत जरूरी हो गया है कि हम धर्म, सियासत, फिरकापरस्ती और जुनून के बारे में गहराई से सोचें और इसमें फर्क करें। आज जिस मुहाने पर हमें इतिहास ने धकेल दिया है वहाँ उनमें फर्क करना निहायत जरूरी है।

अन्त में उन्होंने कहा कि सुबह-शाम वाहेगुरु से यही अरदास करती हैं कि इस अँधेरे में उनकी कौम को सुमति बख्शे और सिख पन्थ अपने सही मार्ग पर चल सके।

"सासरीकाल आंटी", अविनाश ने उन्हें अपनी तरफ मुस्कराते हुए देखकर कहा।

"सासरीकाल बेटे। लम्बी उमर हो। सेहरे बाँधो।"

"इसकी क्या जरूरत है आंटी।"

"क्यों बेटे ? आंटी का भी जी चाहता है बारात में शामिल होने को।"

"विवाह का पूरा सिस्टम ही मुसीबतों से भरा पड़ा है।"

"मुसीबतों से भागना शुरू करोगे तो हो चुका।"

"मुसीबतों से नहीं बेवजह की मुसीबतों से…"

"इस वक्त तुम्हें अपनी नहीं माँ-बाप की देखनी चाहिए।"

"उनकी इच्छा देखी होती तो अब तक दो बच्चों के बाप होते।"

"अच्छा ! बातें खूब बना लेते हो। शाम को घर आ जाओ। वहीं बातें होंगी। 'सिख अब क्या करें ?' की गोष्ठी पर बातचीत करेंगे और साथ में चाय और गोभी के पकौड़े तुम्हें मिल जाएँगे।" गोभी के पकौड़े कहते हुए आंटी अर्थपूर्ण ढंग से मुस्करा दीं।

उसने छह बजे पहुंचने का वायदा किया और निकल पड़ा।

आंटी का गोभी के पकौड़ों पर जोर देना और विवाह की बात छेड़ने का मतलब अविनाश समझ रहा था। आंटी ने उसे हरदीप के साथ पिछले दिनों दो-तीन दफे देखा होगा। एक बार वह हरदीप को मोड़ तक छोड़ने के लिए गया था। मोड़ पर ही वह कोठी है जिसके एक कमरे में आंटी रहती हैं।

हरदीप उस दिन अविनाश को अगले दिन घर आने का निमन्त्रण दे रही थी। हरदीप चाहती थी कि वह रात को मुक्तिबोध की कविताएँ पढ़ लेगी और उन पर नोट लिख लेगी। शाम को अविनाश आकर देख लेंगे तो उसे अपने नोट की सीमाओं का पता चल जाएगा। अविनाश कह रहा था कि कल वह मंगल के यहाँ जाना चाहता है क्योंकि बहुत दिनों से उधर जा नहीं पाया। वह खुद नहीं जानता था कि उसके ऐसा कहने में मंगल के यहाँ जाने की अनिवार्यता कितनी है और यह देखने की कितनी कि हरदीप सिर्फ मुक्तिबोध पर नोट्स के सम्बन्ध में राय ही जानना चाहती है या उससे मुलाकात की कोई इच्छा भी है।

हरदीप ने कहा कि वे मंगल भाई के यहाँ किसी अन्य दिन चले जाएँ। कल के लिए वह इन्तजार करेगी और गोभी के पकौड़े बना कर रखेगी। मंगल भाई के यहाँ वह भी साथ चली जाएगी। भाभी से बहुत दिनों से मिली भी नहीं।

हरदीप और अविनाश एक-दूसरे में खोये हुए थे। वे तब नहीं जानते थे कि आंटी उनकी बात सुन रही हैं। इसका पता भी आज ही आंटी के आमन्त्रित करने पर चला, लेकिन आंटी को यह नहीं पता कि वह हरदीप से कितनी दूर जा चुका है।

इस पेचीदा प्रसंग के बावजूद उसे सुबह की पहली मुलाकात और वह भी आंटी जैसी महिला से अच्छी लगी।

मोड़ काटते ही अविनाश को आधा जला हुआ खोखा नजर आया। ऊपर फट्टी पर लिखा हुआ 'सलीम हेयर कटिंग' अब धुआँ खा जाने से बहुत बेदम-सा जान पड़ता था। पिछले दिनों नाइयों की दुकानों को जला देना भी उग्रवादी कार्रवाई का एक हिस्सा रहा है। थोड़ी ही दूर मीट का एक खोखा था। अब उस पर भी ताला लटक रहा था। नाई का खोखा जलाने के अगले दिन वह डर कर भाग गया था। थोड़ी आगे चौक में एक अंग्रेजी शराब की दुकान थी। दो सी० आर० पी० के आदमी अब पूरा दिन वहाँ खड़े रहते। पता नहीं चौक की ड्यूटी वे वहाँ खड़े रह कर पूरी करते या शराब वाले को सुरक्षा गार्ड मिली थी।

चाय वाले को अविनाश ने एक कप चाय के लिए बोला। एक बुजुर्ग

टूटी तनी वाला बैग बगल में दबाए अखबार पढ़ रहे वे। उनकी ऐनक नाक की चोंच पर टिकी थी।

यह जानकर कि अविनाश भी अखबार देखना चाहता है उन्होंने पहला पेज अविनाश की ओर सरका दिया।

'पंजाब को तो किसी की नजर ही लग गई।' उन्होंने चोंच पर ऐनक ठीक करते हुए स्वगत कथन किया।

अविनाश ने देखा चण्डीगढ़ के 35 सैक्टर में आतंकवादियों ने केन्द्रीय गुप्तचर प्रशिक्षण विद्यालय परिसर में दो प्रशिक्षणार्थियों की गोली मारकर हत्या कर दी थी। आतंकवादियों की अन्धाधुन्ध गोलीबारी में छह पुलिस अधिकारी जख्मी हुए जिनमें से दो की हालत नाजुक बताई गई थी। घटना सुबह लगभग साढ़े पाँच बजे हुई। गुप्तचर प्रशिक्षण विद्यालय के कुछ जवान रोजाना की तरह व्यायाम कर रहे थे कि अचानक एक फिएट कार में सवार आतंकवादियों ने कार से उतर कर अन्धाधुन्ध गोलियाँ बरसानी शुरू कर दीं। व्यायाम कर रहे प्रशिक्षणार्थी तुरन्त जमीन पर लेट गए। उग्रवादियों के पास अत्याधुनिक हथियार थे। एक पुलिस अधिकारी के अनुसार गोलियाँ अत्याधुनिक चीनी एसाल्ट राइफल से चलाई गई थीं। इससे एक मिनट में 600 गोलियाँ चलती हैं।

एक प्रत्यक्षदर्शी से कार का नम्बर पता चल गया था। कारंवाई में लगा समय भी पता चल गया था। लगभग चार मिनट में वे सारी घटना करने के बाद फरार हो गए थे। उनकी संख्या के बारे में अटकलपच्चू था। वे दो थे या चार, अखबार से पता नहीं चल रहा था, लेकिन वे वारदात करने के बाद हवा हो गए थे। उन्हें जमीन निगल गई थी या आसमान, कौन जाने। अलबत्ता गम्भीर रूप से घायलों को पाँच-पाँच हजार और मरने वालों के परिवारों को एक-एक लाख रुपये देने की घोषणा चण्डीगढ़ प्रशासन ने की थी और भारतीय दण्ड विधान की धारा 307/32 व शस्त्र कानून की धारा 25-27/54/59 के तहत मामला दर्ज कर लिया गया।

"हर बार यही होता है। आतंकवादी आते हैं, वारदात करते हैं। निकल जाते हैं। बहस इस बात की रह जाती है कि वे किस वाहन से

आए, संख्या में कितने थे, कितनी गोलियाँ चलीं, कितने मारे गए, जैसे मासूम निरपराध लोग सिर्फ संख्याएँ हों, और हत्याओं का काम सांख्यिकी विभाग का काम हो। आदमी का खून न हुआ बारिश हो गई और प्रशासन का काम कुप्पी लेकर सिर्फ नापना हो कि कितने से० मी० हुई है।' अविनाश ने सोचा। आगे चार और हत्याओं की खबर थी। दो आदमी पुलिस के मुखबिर मान कर गोली से उड़ा दिए गए थे।

एक उग्रवादी पुलिस-मुकाबले में मार दिया गया बताया गया था। वह खालिस्तान कमांडो फोर्स का स्वयंभू जनरल बताया गया था जो कि कुछ महीने पहले मानोचाहल के गुट भिंडरांवाले टाइगर्स फोर्स में शामिल हो गया था लेकिन बाद में दोबारा खालिस्तान कमांडो फोर्स में चला गया। पुलिस ने पिछले दिनों हुई कुछ वारदातें उसके नाम लगा दी थीं और बताया था कि वह पाकिस्तान में भी कुछ दिन रहा था।

"चाहे गवर्नर का राज हो चाहे वोटों वाली सरकार का, पंजाब की जनता का कुछ नहीं होना।" बूढ़े आदमी ने चोंच पर ऐनक ठीक की। गोद से टूटी तनी वाला बैग उठाया और चाय वाले के पैसे दिए और चल दिया। शायद उसकी बस का समय हो गया था। जाते हुए वह एक बार रुका और कहा, "मुसीबतें जब पड़ती हैं तो बहादुर वह है जो हल निकालता है। कमजोर तो आराम की नींद सो जाता है। इस समय तुम जैसे जवानों को आगे आना चाहिए, खेल-तमाशों में वक्त नहीं गुजारना चाहिए।" उसने एक फिल्म के अश्लील पोस्टर की तरफ इशारा किया और चलता बना।

"क्रैक लगता है थोड़ा," चाय वाले ने कहा।

"गहरी चोट खाए होगा।" रिक्शा वाले ने, जिसने अभी चाय का आर्डर किया था, कहा।

अविनाश ने पैसे दिए। चलते-चलते किसी सांस्कृतिक मेले पर करोड़ों रुपये खर्च करने की खबर पढ़ी और कमरे की तरफ चल दिया। मोड़ पर एक और अश्लील पोस्टर लगा था। अविनाश को लगा कि सेक्स और मारकाट की घटिया फिल्में फसली बटेरों की तरह निकली हुई हैं। सेंसर सोया हुआ है। कोई रोक-टोक नहीं। वी० सी० आर०,

वी० सी० पी०, घर-घर में ब्ल्यू फिल्में दाखिल करवा देंगे। सरकार सांस्कृतिक मेलों पर अपने गुणग्राहक खरीदने के लिए करोड़ों रुपया पानी की तरह बहाती रहेगी; जबकि संस्कृति को घटिया फिल्मों, बाजारू नावलों, चीप पोस्टरों के सहारे छोड़ दिया जाएगा और हमारे प्रधानमंत्री 'प्ले ब्याय' को इन्टरव्यू देते रहेंगे।

कभी-कभी अविनाश को लगता कि ऐसी गम्भीर साजिश देखकर उसका सिर दर्द से फटने लगा है। कोई आश्चर्य नहीं कि वह पागल हो जाए।

घर आकर उसने दो-तीन बाल्टियाँ सिर पर डालीं। इससे तनाव कुछ कम हुआ। उसे ख्याल आया कि एक बार गाँव में एक विवाह पर वरियाम उसे खींच ले गया। रात को देसी के दौर चले और इंग्लैंड-रिटर्न लड़के के चाचे ने फिर बढ़िया गीतों की एक कैसेट लगा दी। उन बढ़िया गीतों के दोहरे पंजाबी अर्थ इतने घटिया थे कि वह पिन लगी 'रंगीन जवानियाँ' जैसी किताबों को मात दे रही थी। 'मनोरंजन जब स्तरहीन होने लगे तो आदमी के विकास के तमाम रास्ते बन्द समझने चाहिए।' उसे अपने हिन्दी टीचर की यह बात बार-बार याद आती रही।

नहा-धोकर वह नोट्स लेकर बैठ गया। उसे नेल्सन मंडेला पर एक लेख पूरा करना था। "अपने अनुभवों के आधार पर हमें यकीन हो गया था कि विद्रोह की हालत में सरकार मासूम देशवासियों का अन्धाधुन्ध कत्लेआम करेगी, लेकिन दक्षिण अफ्रीका की धरती मासूम अफ्रीकियों के खून से इतनी तर हो चुकी थी कि सरकारी हिंसा से अपनी रक्षा के लिए दीर्घकालीन युद्ध की तैयारी हमारे लिए जरूरी हो गई···।" उसने नेल्सन मंडेला के सन् चौंसठ के इस बयान को दो बार पढ़ा। उसका ध्यान दीर्घकालीन युद्ध पर टिका रहा। हिन्दुस्तान में भी अभी दीर्घ-कालीन युद्ध की जरूरत है। यह दीर्घकालीन युद्ध एक आमूलचूल परि-वर्तन के लिए होगा। अविनाश अपना लेख आगे न बढ़ा सका। वह दीर्घकालीन युद्ध पर सोचता रहा।···यहाँ तक कि उसकी पलकें बोझिल होने लगीं।···लेख रात को पूरा करने का विचार बना कर वह दफ्तर के लिए तैयार होने लगा।

दफ्तर जाते वक्त उसने आंटी को बरामदे में बैठकर अखबार पढ़ते पाया। आज शाम आंटी के यहाँ जाना है। उसने अपने-आपको कन्फर्म किया। आंटी उसे सेहरे बाँधने की आशीष देती है। जिस हालत से वे लोग गुजर रहे हैं, उसमें शादी-ब्याह की बात कहाँ ठहरती है? क्यों शादी करके दो-तीन सन्तानों को भुखमरी, बदअमनी और बेकारी के संकट में भिड़ने के लिए छोड़ दें।

कुछ देर पहले की बात और थी। तब वह बलविन्दर लोगों के ग्रुप के साथ जुड़ा नहीं था। सामाजिक कार्य की अहमियत पैदा नहीं हुई थी। तब वह भी दीप के साथ कई सपने देखा करता था। हरदीप और वह सोई और जागी दोनों आँखों के ख्वाब। एक ऐसी दुनिया जिसमें उसके और हरदीप के सिवा कोई नहीं होता था। होती थी तो लम्बी प्यार-भरी कहानियाँ।

दफ्तर पहुँचकर उसने पाया कि चर्चा गर्म है। विन्दर मेज पर बैठा कह रहा है—"क्यों दिया जा रहा है हमारा पानी, हमारी बिजली हरियाणा, राजस्थान और दिल्ली को। यह सब पैंतरेबाजी है केन्द्र की। केन्द्र पंजाब को भूखा-नंगा मारना चाहता है, कुछ नहीं देना चाहता।"

दूसरी मेज पर बैठे रमेश ने कहा, "असल सवाल यह है कि जनता को सरकार की जरूरत क्या है? इसलिए न कि उनके अधिकारों का हनन न हो और उनके जानमाल की हिफाजत हो···अगर यह बेसिक काम भी सरकार नहीं कर पाती तो उसके होने न होने का कोई मतलब नहीं रह जाता। बाकी काम सिर्फ टैक्स इकट्ठा करने का ही रह गया न। वह तो दो-चार लठैत किस्म के लोग भी कर सकते हैं।"

"ज्यादा खूबी से कर सकते हैं। उनके लिए यह तो नहीं होगा कि यह बड़ा चोर है इसको छोड़ दो, वह छोटा चोर है उसको पकड़ लो और मारो साले को।" वरियाम ने कहा जो कि सामने चेयर पर बैठा था।

"देखो रिबैरो पूरी बहादुरी से आतंकवाद का मुकाबला कर रहे हैं।···लेकिन मुझे लगता है उन्हें सरकारी मशीनरी का पूरा सहयोग नहीं मिल रहा है। नहीं तो वह तो सफाई कर दें, सफाई।" विनय ने सफाई की बात पर कटाई की तरह हाथ चलाकर इशारा किया।

"रिबैरो जान हथेली पर रख कर काम कर रहे हैं। कोई और होता तो दुम दबाकर भाग लिया होता।" मुकेश टाइपिस्ट ने कहा।

तब बहस में अविनाश ने हस्तक्षेप किया, "कोई पुलिस आफिसर निडर हो सकता है, बहादुर हो सकता है, लेकिन आप लोगों को इस लाइन पर सोचना चाहिए कि एक पुलिस प्रशासन में हम सब लोगों के जम्हूरी हक सुरक्षित रह सकते हैं अथवा नहीं···।"

"पुलिस या मिलिटरी के नाम पर भी स्टेट चली है कभी? तुम्हें शायद पता नहीं ब्लूस्टार आप्रेशन के दिनों अमृतसर वगैरह के वार्डर एरिया के कितने लोगों ने अपने जवान लड़कों को सीमा पार करवा के पाकिस्तान भेज दिया। किसी तरह जिन्दा तो रहें। यहाँ तो पता नहीं कब पकड़कर रात को किसी पुल पर ले जाकर मरवा दें।" सुखबीर अकाउंटैंट ने कहा।

वरयाम ने कहा, "मैं तुम लोगों को आपबीता जैसा एक किस्सा सुनाता हूँ—पिछले हफ्ते मेरी मौसी के लड़के को कालेज के बाहर पकड़ लिया गया। उससे पूछा गया कि वह कहाँ घूम रहा है? उसने कहा कि कालेज गया था। पूछा गया कि जब कालेज में स्ट्राइक चल रही है तो वहाँ उसकी मौसी बैठी हुई है, जिससे मिलने गया था? उसने कहा कि उसे पता चला था कि स्ट्राइक खुल रही है। वह पता करने गया था कि कल उसे कालेज आना है अथवा नहीं। फिर जब उस कालेज में पढ़ता है तो उसका वहाँ जाना गुनाह नहीं है। फिर पूछा गया कि क्या वह पाकिस्तान गया है कभी? उसने कहा पिछले साल ननकाना साहब दर्शन के लिए जाने वाले जत्थे में वह शामिल था। बस उसका इतना कहना था कि उसे पकड़ लिया गया। जालन्धर, अमृतसर, कपूरथला, जहाँ-जहाँ जा सकते थे, गए। घर के सभी लोग जितनी भाग-दौड़ कर सकते थे, की, लेकिन दो दिन लड़के का कुछ पता नहीं चला। तुम लोग अन्दाजा लगा सकते हो घर के लोगों की क्या हालत हुई होगी? चूल्हा तक नहीं जला। मौसी और मौसी की दोनों लड़कियाँ रो-रोकर आधी रह गईं। बुरे-बुरे ख्याल दिल को छीलते जा रहे थे···और कोई नहीं जानता था लड़का है कहाँ और उसके साथ क्या हो रहा है?

"तीसरे दिन उसे तड़के चार बजे जालन्धर कैन्ट के स्टेशन पर छोड़ दिया गया। वे लोग उसे पटियाला ले गए थे। आतंकवादी गतिविधियों में उसका हाथ और विदेशी हाथ पूछने के लिए इतनी बेरहमी से पीटा गया कि उसकी पूरी देह जगह-जगह से फूट गई लगती थी। गिरते-पड़ते उसने घर की तरफ जाना शुरू किया। जाने कैसी मुश्किलों से पैट्रोल पम्प तक पहुँचा होगा। फिर वहाँ से एक सब्जी लाद कर छोड़ने वाले टैम्पो वाले की मिन्नत की। उसने उसे घर पहुँचाया।

"अब हालत यह है कि दाईं टाँग पूरा वजन बर्दाश्त नहीं करती। डाक्टरों की अपनी-अपनी राय है और अपना-अपना इलाज।"

"तुम कहना क्या चाहते हो कि जितने भी पकड़े जा रहे हैं, बेकसूर और मासूम हैं।" मुकेश ने पूछा।

"नहीं! मैं यह कहना चाहता हूँ कि हमारे पुलिस प्रशासन के रवैये में कसूरवार या बेकसूर का फर्क नहीं रहता। जहाँ तक मेरे स्टैंड का सवाल है वह वही है जो नारा हम कुछ साल पहले लगाया करते थे—'सफ़ेद बगुले नीले मोर—ये भी चोर, वे भी चोर।'

सरबजीत कैशियर ने, जो कि अभी आकर रुक गया था, "मैं पालीटिक्स ज्यादा नहीं जानता। बयानबाजी से तंग आकर मैंने तो अखबार पढ़ना भी छोड़ दिया है। मैं इतना जरूर कहूँगा कि खालिस्तान माँगा नहीं जा रहा, खालिस्तान दिया जा रहा है। एक बात और, दर्शनसिंह रागी का सरण्डर करना यह बताता है कि पंजाब में आतंकवाद की समस्या बहुत गहरी हो चुकी है।"

"दिक्कत की बात तो यह है कि किसी राजनैतिक पार्टी, किसी लीडर, किसी सम्पादक की दृष्टि इस समस्या की गम्भीरता पर नहीं जा रही, न ही इसे निपटाने की कोशिश की जा रही है।" अविनाश ने कहा।

"एक रोग अगर लाइलाज छोड़ दिया जाए तो वह कई रोगों को जन्म देता है।" वरियाम ने कहा।

तभी सतनाम ने आकर कहा कि वरियाम, मुकेश और अविनाश भ्राजी को डी० डी० एम० साहिब ने बुलाया है।

बुलावा आ जाने से वह चर्चा वहीं रुक गई।

दफ्तर की रुटीन शुरू हो गई। फाइलें, नोटिंग शीट, लैटर, डी० ओ० सेलिग्राम, टेलिग्राम, टेलीफोन, मीटिंग, एजेंडा, रेलवे क्लेम, चार्जशीट केस, इन्क्रीमेंट, ओपनिंग बैलेंस, वाउचर, बैलेंस शीट···वगैरह वगैरा···वगैरा।

सवा एक बजे के करीब सरबजीत बैंक से कैश लेकर आया। उसने आकर अविनाश से पूछा, "तुम रणजीत नगर की तरफ रहते हो न!"

"हाँ! क्या हुआ?"

"सुना है, उधर गोली चल गई है।"

"कहाँ? कब? कौन मरा?" अविनाश ने हकलाकर पूछा।

"ज्यादा पता नहीं चला। बैंक में कोई कह रहा था कि एक घर में एक औरत मार दी गई। बाहर गली में सिनेमा के पोस्टर लगाने वाला एक आदमी जिसने उन्हें देखकर शोर मचाया था, गम्भीर रूप से घायल हो गया।" अविनाश का ध्यान औरत के मार दिये जाने की खबर पर अटका रहा।

'हो न हो आंटी ही हों।' उसने सोचा।

'नहीं आंटी क्यों होंगी भला!' उसने अपने आपको धिक्कारा।

"मैं जा रहा हूँ। कोई पूछे तो बता देना।" उसने कैशियर से कहा और निकल गया।

उसे गली के मोड़ पर ही पता चल गया। आंटी अब तक 'घलै आये नानका सदे उठ जोय' के अनुसार दुनिया छोड़ गई थीं। लाश पोस्ट-मार्टम के लिए ले जाई जा चुकी थी।

आज शाम आंटी ने उसे घर बुलाया था। आंटी उसके साथ कुछ बातचीत करना चाहती थीं। वह बातचीत हो न सकी। आंटी के ओठों पर अनकहे लफ्ज एक बार दहके होंगे, फिर दम तोड़ गए होंगे। केतली में शाम की चाय का पानी भरा ही नहीं गया होगा। पतीली में भीगा बेसन अब कभी छौंक की इन्तजार नहीं कर पायेगा। बरामदे में चेयर होगी लेकिन आंटी वहाँ बैठकर अखबार नहीं पढ़ेंगी। आंटी उससे भला क्या बातचीत करना चाहती होंगी? अविनाश ने सोचा। निश्चित रूप

से आंटी पंजाब में चल रही काली आँधी के खिलाफ कुछ करने की योजना पर बात करने वाली थीं। उसने मन ही मन आंटी को सलाम किया, क्योंकि वे सच का साथ देने वाली थीं।

"किसको दुख है आंटी के मरने का। यहाँ तो मौत अब सिर्फ अखबारों का आँकड़ा बन गई है।" आंटी के साथ वाले मकान का बैंक का बाबू प्रेस फोटोग्राफर से कह रहा था।

नौ

सन्तोष आज बहुत खुश थी।

आज सुबह मंगल ने अपना फैसला सुना दिया था। 'जिएँगे तो यहीं, मरेंगे तो यहीं।' यह धरती वे लोग छोड़कर कहीं नहीं जाएँगे। सन्तोष का घर छोड़ जाने के नाम पर ही कलेजा काँप-काँप उठता था। पंजाब से बाहर जब भी कभी वह गई, उसे जालन्धर, लुधियाना, अमृतसर जैसे शहर कहीं नहीं मिले। कोई बात थी इन शहरों में जो दूसरों में नहीं थी। एक प्रकार की मोह-ममता, एक खास किस्म की स्निग्धता थी जो बाँधे रखती थी।

मंगल कहा करता था, 'शहरों का क्या है! सभी शहर एक-से होते हैं। हमें अपना मुनाफा देखना चाहिए। जहाँ चार पैसे लगाकर दुकान खोलेंगे वहीं रोटी खा लेंगे।'

'…आए दिन हत्याएँ हो रही हैं। बैंक लूटे जा रहे हैं। जहाँ जान-माल की हिफाजत ही नहीं है वहाँ कोई क्या करेगा?' प्रगट रूप में सन्तोष उसका विरोध चाहे नहीं करती थी, लेकिन उसका दिल इस बात को नहीं मान पा रहा था कि शहर एक-जैसे ही होते हैं। अब दिल्ली को ही लें। कश्मीर वाले मासड़ जी कहते हैं—'स्वर्ग नरक सब यहीं है। जो सुखी हैं वे स्वर्ग भोग रहे हैं।' सो दिल्ली में रहना तो नरक है नरक। सैकड़ों लोग पागलों की तरह इधर से उधर भाग रहे हैं। जैसे कहीं आग लगी हो। किसी के पास रुककर बताने का वक्त नहीं है कि आग लगी कहाँ है।'

…उसे लगता कि यह शहर एक प्रकार के लावे के ऊपर ठहरा हुआ है। इस आग को बुझाने की बात ही दूर रही। और तो और, सभी

नागरिकों के भीतर उस लावे का दहकता अतृप्त अंश है। कभी दहकता है; कभी सुलगता है और ज्यादातर उस पर राख की परत छाई रहती है।

इधर अपना शहर है। इसकी गलियों, सड़कों का चप्पा-चप्पा जाना हुआ है। बारिश बाद में होती है पहले ही पता चल जाता है कि किस-किस रास्ते में पानी भरा होगा और किस रास्ते में कीचड़ सूखते-बिखरते दो दिन ले लेगा। अविनाश कहा करता है—'इस शहर की खूबी यह है कि यदि आप किसी से दो-चार दिन नहीं मिल पाये तो रैनक बाजार से शेखाँ बाजार और कलाँ बाजार का चक्कर काटते हुए जी० टी० रोड से होकर रैनक बाजार के चौक में पहुँचें। अव्वल तो पहले चक्कर में ही वह आदमी आपको मिल जाएगा अगर नहीं मिला तो दूसरे ऐसे चक्कर में उसका मिलना अनिवार्य है।'

"तुम हरदीप को क्या इसी तरह मिलते रहे हो ?" सन्तोष ने पूछा था।

"आप भी बात बदलने में कमाल करती हैं, भाभी ?"

"गौर से देखो। बात कौन बदल रहा है ?"

"अच्छा। चाय-वाय पिलाती हो कि चलें।"

अविनाश पिछले दो हफ्तों से इधर आया ही नहीं। आजकल उसे फुर्सत ही नहीं होती। बहुत काम कर रहे हैं। पंजाब भर में आतंकवाद और फिरकापरस्ती के विरुद्ध रैलियाँ निकालने में लगे हैं। मंगल बता रहे थे कि आजकल उसका ज्यादा वक्त मजदूरों के बीच गुजरता है।

पिछली बार जब आया था तब सन्तोष ने पूछा था—"तुम मुझसे कुछ छिपा रहे हो ? क्या बात है हरदीप से कुछ कहा-सुनी हो गई ?"

"न···नहीं तो।"

"तुम लोग विवाह क्यों नहीं कर लेते ? कहो तो मैं हरदीप के घर जाकर बातचीत करूँ ?"

"नहीं भाभी ! अब इस सबकी जरूरत नहीं रही। हाँ, पिछले दिनों जरूर उसके लिए तड़पता रहा हूँ।···मुझे लगता था कि उसके बिना जीना एक मुश्किल काम है। बहुत ही मुश्किल। अब तो लगता है कि

धरती पर करने लायक इतना काम पड़ा है कि उस सबके सामने शादी-विवाह एक छोटा और किसी हद तक मूर्खता का मामला है।…अच्छा हुआ कि ऐसे झमेले में पड़ने से पहले मुझे अपनी दिशा का पता चल गया।"

सन्तोष असहमति के बावजूद उसे कुछ कह न सकी। उसे लगा कि अगर वह लोगों के लिए कुछ कर गुजरना चाहता है तो यह बड़प्पन का काम ही होगा। करना वही कुछ चाहिए जिसमें आत्मा का हनन न हो। उसकी असहमति थी तो इस वजह से कि उसे हरदीप सुन्दर और काफी पढ़ी-लिखी और समझदार लगती थी। अविनाश भी बहुत समझदार और गम्भीर लगता था। उसे यह भी पता था कि दोनों एक-दूसरे को जी-जान से प्यार करते हैं। ऐसे प्यार में टूटन आगे की जिन्दगी पर हावी रहती है। इसलिए उन दोनों को एक सूत्र में बँध ही जाना चाहिए। लेकिन इसके लिए राय प्रगट करना और उस पर जोर देना उसने फिर किसी दिन के लिए स्थगित कर दिया। उसे लगा कि अभी इसके लिए वक्त नहीं है। यह ख्याल आते ही उसने सोचा कि अभी उसे अपनी चेनी उतारकर देने में कुछ दिन बाकी हैं। उसने मन ही मन तय कर रखा था कि अविनाश के विवाह के दिन वह हरदीप के गले में अपनी चेनी उतारकर डाल देगी। इस बारे में उसने मंगल से भी बात कर ली थी। मंगल ने कहा था कि जब देने का मन बना लिया है तो वह भला कबाब में हड्डी क्यों बनेगा।

सन्तोष आज बहुत खुश थी। आज के दिन वह मंगल से पहली बार मिली थी। पहली बार मिलने की रील उसके सामने घूम गई…हुआ यह था कि अभी-अभी कमरे में पोचा लगाकर हटी थी। मैला पानी दरवाजे के बाहर फेंकने वाली थी। उसने गली में देखा। बाल्टी उठाई। एक हाथ में हैन्डिल और दूसरे हाथ में तल्ले का कड़ा। इतने में रसोई में कुछ गिरने की आवाज हुई। उसने सोचा बिल्ली ने दूध गिरा दिया होगा। दुबारा दरवाजे की ओर देखे बगैर गन्दा पानी उछाल फेंका। कौन जानता था इस बीच कि दरवाजे के बीच की जगह को एक अजनबी भर चुका होगा। दरवाजे की चौखट के फ्रेम में एक तस्वीर की तरह।

मंगल उस शहर में किसी काम से गया था। मौसी गियानवन्ती ने सन्तोष की झाईजी के लिए माता का परशाद भेजा था। परशाद का बहाना था। मौसी गियानवन्ती की इच्छा यही थी कि लड़का इसी बहाने जरा झाँक लेगा। मंगल ने गली के मोड़ पर के हलवाई से दरियाफ्त कर लिया था कि यही मकान है जहाँ दीवार से उठी हुई दरेक की फुनगिया नजर आ रही है। मंगल पहुँचा तो उसकी नजर एक भरपूर जवानी में कदम रखती लड़की पर पड़ी। सलवार के पाँयचे खोंसे जाने से पिंडलियों तक उठे हुए थे। खूबसूरत गोरे पाँव और गोरी पिंडलियाँ। इससे पहले कि उसकी नजर ऊपर उठती, पूरी बाल्टी का गन्दा पानी उस पर आ गिरा था।

सन्तोष इतना झेंपी थी कि घर के सब लोगों के लाख कहने के बावजूद फिर मंगल के सामने नहीं आई। मंगल जितनी देर वहाँ रहा, उसकी सूरत न निहार सका।

मंगल जब वापिस लौटा तो मौसी गियानवन्ती ने पूछा, "क्या लड़की देखी ?" वह 'हाँ'-'ना' के बीच फँस गया। उसने तो अभी पाँव से लेकर पिण्डलियों तक ही लड़की को देखा था कि बाल्टी अपना काम कर गई।

उसने कहा कि लड़की को उसने देखा तो नहीं लेकिन शादी करेगा तो उसी से नहीं तो उम्र भर कुँआरा रह जाएगा। मौसी ठठाकर हँस पड़ी। और सभी को सुनाती रही "देखा है नहीं, लेकिन शादी वहीं करेगा। नहीं देखे का यह हाल है तो अगर देख लेता तो रतनसेन की तरह बेहोश ही हो जाता।"

मंगल पानी फेंकने की उस घटना का पचासों बार खूब नमक-मिर्च लगाकर वर्णन कर चुका है। आज भी उस बात की याद जैसे विभोर कर देती है।

सन्तोष आज बहुत खुश थी।

आज थोड़ी देर ही पहले वह डा० सिमरनजीत कौर से मिलकर आई है। डा० को पूरा यकीन है कि वह दुनिया का सबसे खूबसूरत काम अंजाम देने की प्रक्रिया में है। इन वादियों में बहार आएगी। सूखी नदी वेगवती धारा से भर गई है। घर का आँगन चहकता फिरेगा।

ममता की एक अजस्र धारा उसकी छातियों में बहेगी। उसकी गोद गौरव से भर जाएगी। एक खूबसूरत पालना खरीदा जाएगा। इसमें टुनटुनाती नन्हीं घण्टियाँ होंगी। फिर चाबी वाले खिलौने। नन्ही-नन्ही सी गाड़ियाँ आँगन में भागती चली जाएँगी। उनके पीछे आएँगे नन्हें-नन्हें पाँव। नन्हें कदमों से उठना और उठकर चलने लगना शायद दुनिया की पहली विजय है। पहली खूबसूरत और संगीत भरी विजय। किलकारियाँ और तुतलाहटें पूरे घर का मंजर बदल कर रख देंगी। छोटे से छोटे और बड़े से बड़े काम को उत्साह से भर देंगी। एक नन्ही-सी जान उसकी बाँहों में बँध कर उसकी छाती से लग जाएगी। उसके गले में अपनी नन्ही-नन्ही बाँहें डाल देगी।…और फिर पूरा जहाँ उसका अपना होगा…

आज जब मंगल को यह खबर देगी तो मंगल उसके हाथ चूम लेगा, भंग खाए आदमी की तरह हँसता चला जाएगा, पूरा घर सिर पर उठा लेगा। फिर कहेगा मुझे तो सिल्की बिटिया चाहिए। मैं कहूँगी कि मुझे टीनू जैसा बेटा चाहिए जो कि समझदारी में अपने अविनाश चाचा-जैसा हो…फिर हम दोनों में एक मीठा-सा झगड़ा चलेगा।

मंगल ने बच्चा नहीं होने के बारे में कभी कुछ नहीं कहा, सिर्फ इसलिए कि कहीं सन्तोष का दिल न दुःखे। लेकिन अपना बच्चा चाहने की इच्छा उसकी कितनी तीव्र है, इसका सहज ही अनुमान किया जा सकता है। सिल्की को वे बहुत ही प्यार करते हैं। दुकान के पास से जाते बच्चों को आवाज देकर बुला लिया करते हैं और उनसे बातें करते रहते हैं। उनके काउंटर की दराज में पैन्सिलें, रबर और टाफियाँ भरी रहती हैं। मंगल किसी भी बच्चे को बुलाकर बातें करेंगे और फिर किसी को टाफी, पेन्सिल या रबर देंगे। कहेंगे, "छोटे-छोटे बच्चों को बिस्तरबन्द जैसा बस्ता उठवा देते हैं। यह पढ़ाई है या गधे का बोझा।"

सन्तोष उत्साहपूर्वक सफाई में जुट गई। रसोई में डिब्बों के नीचे बिछाया अखबार गन्दा हो गया था। उसने बदलने के लिए दूसरा अखबार उठाया। अखबार पर पाँच मृत लोगों की तस्वीरें थीं, खून से तरबतर। पंजाब के अलग-अलग हिस्सों में घरों में जलते पाँच और

चिराग पिछले कुछ बरसों से झूलती आँधी में बुझा दिए गए थे।

मौसी बता रही थी ब्रह्मपुरा में सी० आर० पी० ने बड़ी ज्यादती की गाँव के लोगों के साथ। बिलावजह बेकसूर लोगों को तंग किया गया। कहते हैं अवतार ब्रह्मपुरा ने घोषणा की कि वह गाँव के टाऊटों को खबरदार कर रहा है। सी० आर० पी० को खबरदार कर रहा है कि वह ज्यादतियाँ छोड़ दे। वह वहीं है सी० आर० पी० अगर उसे पकड़ना चाहती है तो आकर पकड़ ले। लगभग आधा घण्टा बाद सी० आर० पी० का दल पहुँचा ब्रह्मपुरा गाँव छोड़कर जा चुका था। सी० आर० पी० के दल ने गाँव के लोगों पर सारा जोर लगा दिया।

उस दिन हरदीप आई थी। डी०ए०वी० कालेज के प्रोफेसर के, जिनसे उनके निकट के सम्बन्ध थे, मारे जाने की खबर सुनकर सन्तोष के हाथ-पाँव फूल गए थे। हरदीप ने कहा कि शासन को रोज बिछती लाशों की जरा भी परवाह नहीं। इधर पंजाब में खून की आँधी चल रही है और उधर सैर-सपाटों और तमाशों में करोड़ों रुपया फूस की तरह फूँका जा रहा है।

सन्तो की छोटी बहू भी उस वक्त वहीं थी। सन्तोष से स्वेटर का नया डिजाइन पूछने आई थी। उसके पिता कांग्रेस भक्त थे। कहने लगी, "सरकार पर तो सभी लोग व्यर्थ का लांछन लगाते हैं। वे तो अपनी तरफ से पूरे भारत के कल्याण की चिन्ता में कसर नहीं छोड़ते।"

"सारी चिन्ता भाषणों में है और कुछ नहीं।" हरदीप ने कहा।

"स्त्रियों के लिए ही लीजिए, नौकरी के मौके देने के लिए पुलिस की भर्ती कर रही है।"

"स्त्रियों के लिए बटालियन तो जरूर शुरू कर रहे हैं…लेकिन उन करोड़ों औरतों का क्या होगा जो आधा पेट भोजन पा रही हैं? उनका क्या होगा जो घटिया व्यवस्था के कारण अनपढ़ रह जाती हैं? उनका क्या होगा जो परिवार के लिए अपने गोश्त का व्यापार करने पर मजबूर हैं? उनका क्या होगा जो मुट्ठी भर चावल के लिए देह तोड़ती हैं?…जिनका शारीरिक-मानसिक शोषण हो रहा है, जो रोज दहेज की वेदी पर बलि चढ़ाई जा रही हैं, जिनके शराबी लम्पट पति पीट-पीट कर अधमरा कर देते हैं…वे जो भोपाल गैस कांड से पीड़ित हैं…

वे जिन्हें नवम्बर के दिल्ली दंगों ने जीवित रहते भी मार दिया है···वे जो नागरिक कालोनियों में रहकर भी चकलों जैसे काम कर रही हैं··· इन सबको क्या पुलिस महिला बटालियन बन जाने से मुक्ति मिल जाएगी···"

सन्तो की छोटी बहू गली में सबसे अधिक पढ़ी-लिखी और तेज-तर्रार मानी जाती है। सन्तोष को इस बातचीत में बहुत मजा आ रहा था। छोटी बहू का मुँह जरा-सा निकल आया था। आज पता चला था कि पढ़े होना एक बात है, पढ़ाई के बाद अपने आस-पास के जीवनचक्र की वास्तविकता की समझ रखना दूसरी।

"दरअसल पुलिस की महिला बटालियन का मतलब कुछ और ही है और आपको थोड़ी देर में समझ आएगा। यदि आप समझना चाहें तो···। अस्ल में बहनों, औरतों की गुलामी हिन्दुस्तान की आजादी के इतने बरसों बाद भी वैसी ही है।···आजादी अगर हासिल करनी है तो बैठे-बिठाए मिलने से रही···सरकार तो चाहती है कि हम सभी अपने पचड़ों में पड़े रहें, जैसे हिन्दू-सिख, हिन्दू-मुसलमान, खालिस्तान-गोरखालैंड ताकि अस्ल लड़ाई हो न सके···।" बाद में सन्तो की छोटी बहू कहने लगी, "तुम्हारी वो हरदीप सयानी तो है लेकिन मुझे कम्युनिस्ट लगती है। ऐसे लोगों से जरा बचकर ही चलना चाहिए, कोई पता नहीं कब जेल करवा दें।"

सन्तोष उसकी इस चेतावनी पर मुस्कराकर रह गई।

सन्तोष उस दिन खुश थी।

टीनू दुकान से जरा पहले लौट आया। यों भी आजकल सात बजे ही बाजार बन्द होना शुरू हो जाता है। नौ बजते-बजते तो पूरा शहर वीरान हो जाता है। सभी लोग घरों में बन्द हो जाते हैं। पहले की तरह ग्यारह-ग्यारह बजे तक सैर-सपाटे नहीं होते। टीनू को खाना खाकर अस्पताल जाना था। उसके दोस्त की माँ बीमार थी।···और रात में उसे अस्पताल में ही सोना था। उसके दोस्त को अपनी बहन को लेने पटियाले जाना था।

मंगल जब घर आया तो उसकी चाँदी की पायलें लेकर। पायलें टूट

गई थीं और लगभग महीना-भर पहले लाल बाजार में ठीक करने के लिए दी थीं। सन्तोष ने कई बार याद दिलाया, लेकिन मंगल को उधर को जाने का वक्त ही नहीं मिलता था। आज टीनू को दुकान पर बैठाकर जब वह अटारी बाजार की तरफ माल खरीदने के लिए निकला तो उसे पायलों की याद आ गई। दुकानदार ने पायलों को धो दिया था और अब वे नई लग रही थीं। सन्तोष ने पहनकर देखने के लिए पहना और फिर छमछम की हल्की आवाज के कारण पहने रही।

मंगल को खाना खिलाते वक्त जब वह आती-जाती तो पायलों का संगीत मंगल को खींचता। सन्तोष के गोरे निछोह पाँवों ने बेजान पायलों को धड़कन अता कर दी थी। सन्तोष ऐसे मामलों में बहुत कंजूस थी। ऐसी चीजें सिर्फ विवाह-शादियों के मौके हर पहनने के लिए रख छोड़ती थी। मंगल ने उससे कहा कि वह रोज पहना करे। कम से कम उसे रात खाना खिलाते वक्त जरूर। सन्तोष हँस दी। उसे आज बात-बेबात पर हँसी आ रही थी। चेहरा फूल की तरह खिला हुआ था।

वह आज घर में किसी और को नहीं सह पा रही थी। सिल्की की मम्मी जब दही जमाने के लिए खट्टा लेने आई तो वह मन ही मन चाहती रही कि वह जल्दी चली जाए। आमतौर पर सन्तोष और वह बहुत-सी बातें करतीं। ज्यादातर बातें सिल्की के बारे में होतीं।

सिल्की की माँ जाते-जाते फिर लौट आई।

"एक बात कहनी थी आपसे।"

"कहिए।"

"आप पायलें जरूर पहना करो।"

सन्तोष का चेहरा ज्यादा ही खिल उठा।

खाना खाने के बाद सन्तोष ने मंगल को डा० सिमरनजीत की बात बता दी। मंगल झूम उठा। हँसी के बतासे फूट उठे। सन्तोष जाकर बर्तन साफ करना चाहती थी। मंगल ने उठने नहीं दिया। वह अपने आपको खुशकिस्मत मान रहा था। खिलखिलाते हुए वह तुतले स्वरों में बातें करने लगा। कौन कह सकता था कि उन दोनों की उम्र पैंतीस और चालीस के बीच होगी। सन्तोष जैसे सोलह साल की अल्हड़ हो और

मंगल उन्नीस साल का बाँका जवान। खूब प्यार करने और भविष्य की कुछ योजनाओं पर विचार करने के बाद वे दोनों सो गए।

रात शायद आधी से ज्यादा गुजर चुकी थी।

गोलियों की आवाज और डूबती हुई चीख से मंगल की नींद टूटी। इससे पहले कि वह आँखें भी खोल पाता एक और गोली उसकी छाती में लगी। गोलियाँ शायद बहुत करीब से दागी जा रही थीं···पीड़ा एक गर्म लाल सलाख की तरह चीर रही थी···इससे पहले वह इसे दु:स्वप्न मान रहा था। एक और गोली उसके माथे को छूती निकल गई।

जब उसकी थोड़ी-सी चेतना लौटी तो उसने हाथ बढ़ाकर सन्तोष को छूना चाहा। लेकिन उसके हाथ खून का गीलापन ही लगा। उसने उठना चाहा लेकिन उठ नहीं सका। जोर लगाने पर थोड़ा और खून बाहर निकला और वह गिर गया।···सन्तोष पहले ही बेदम हो चुकी थी।

चौकीदार मेघ बहादुर मन्दिर वाली गली में था, जब उसने गोली की आवाज सुनी। जब तक वह इस गली में पलटता, दो अनपहचाने लोग अपना काम करके जा रहे थे। मेघ बहादुर ने हाथ की लाठी चलाकर फेंकी, जोकि सिर्फ बिजली के खम्भे से टकरा सकी। मंगल लोगों के घर की दीवार पर बाँस की सीढ़ी लगी थी जिससे कयास लिया जा रहा था कि लोग इस सीढ़ी से अन्दर गए होंगे।

अब तक बाहर काफी लोग जमा हो गए थे। पुलिस भी आ गई थी। सन्तोष और मंगल की लाशें अस्पताल भेजी जा रही थीं। वे जानना चाहते थे कि शिवसेना से मंगल का सम्बन्ध था अथवा उसके भाई का।

इकबाल कौर को ध्यान आया कि थोड़ी देर में अभी सिल्की उससे पूछेगी—'बिछकू वाली आंटी कहाँ है ?' तो वह क्या जवाब देगी ?

रुलाई का वेग उसे तरबतर भर गया।···सीढ़ियों में कोई गठरी बना बैठा था। घुटी-घुटी-सी रुलाई उनके कानों से टकरा गई।··· सिल्की की मम्मी थी। उन्होंने उसके कन्धे पर हाथ रखा तो फूट पड़ी। जब पुलिस वाले लाश उठवा रहे थे तब उसकी नजर सन्तोष के पाँव पर पड़ी। चाँदी का पायल अँधेरे में चमचम चमक रही थी।···'सियासत के हाथ और कितने मासूम लोगों के खून से रँगने बाकी हैं। उसने सोचा।

दस

हरदीप की नजर खिड़की के बाहर दूर क्षितिज पर टिक गई। इस बीच पंजाब के हालात के साथ-साथ कितनी बड़ी उथल-पुथल से गुजरी है वह। अपने परिवार के बाकी सदस्यों के साथ-साथ। कौन जानता है कि पूरे पंजाब की जलती हुई लपटें कब किसी घर को अपने आलिंगन में बाँध लें। फिर वहाँ बचे तो आधे जले हुए शहतीर, धुएँ से काली दीवारें और मलबे का ढेर···। और और काँपते हुए अहसास, बात-बात पर विधवा नम आँखें, पीड़ा के वाणों से छिदा हुआ नन्हा-सा दिल···न भरने वाले जख्म से अभाव और पहाड़ की तरह कटते बाकी के दिन-रात···।

सन्ध्या के पिता गोलियाँ से हलाक कर दिए गए थे। सन्ध्या का दुःख उससे देखा नहीं जा रहा था। वह क्या कर सकती है। उसके जख्मों पर संवेदना के फाहे रखने के अलावा···घर-घर में जो कुछ हुआ उसका भुगतान किया जा सकता है क्या ?

कौन जानता था हरपाल के भीतर ही भीतर क्या सुलग रहा है ? और फिर एक दिन उसका विस्फोट इस तरह से होगा।···घर में भापाजी से लेकर पिंकी तक हर शख्स परेशानी और इन्तजार में छटपटाता रहेगा···। भापाजी की नींद शायद हमेशा के लिए घायल हो चुकी है।···पिंकी को आइसक्रीम मिलती है तो आधी चाचा के लिए रख आती है। बर्फी का एक टुकड़ा मिलता है तो आधा चाचा के लिए···। कड़ाह का परशाद आधा चाचा के लिए। नरिन्दर भरजाई किसी से कुछ नहीं कहती, चुपचाप कमरा बन्द करके रो लेती है—घटना के सारे कसूर की स्याही अपने माथे लेकर। और झाईजी, वे तो जैसे उस दिन से बुत ही हो गई हैं।

उस दिन सुबह तक कोई कुछ नहीं जानता था···। भापाजी ने नहा-धोकर वाक लिया···मनजीत भाजी स्कूटर साफ कर रहे थे···भरजाई जी पिंकी को स्कूल जाने के लिए तैयार कर रही थीं। वह रसोई में नींबू खोज रही थी···मनजीत भाजी को नींबू वाली चाय देने के लिए··· टोकरी में सिर्फ एक नींबू था सूखा-सा।

"भाजी नींबू खत्म लगते हैं।" उसने वहीं से कहा।

"हरपाल को उठाकर भेज दो, ले आए। रोज ही देर से उठने लगा है आजकल···।"

लेकिन हरपाल कमरे में नहीं था···न छत पर···।

···भापाजी ने कहीं भेजा न हो।···न जी···सुबह सवेरे उठाने पर वह इतना कुनमुनाता है कि भापाज़ी को खीझ होने लगती है। इसलिए वे अब उसे उठाते नहीं।

मनजीत भाजी नींबू भूल गए···स्कूटर लेकर उसके दोस्तों से पूछ-ताछ के लिए निकल पड़े।

हरदीप दुबारा उसके कमरे में गई तो सिरहाने के नीचे एक कागज मिला। काँपते हाथों और धाड़धाड़ धड़कते दिल से खोला—"मुझे ढूंढने की कोशिश न करना, मैं खड़कुओं के साथ जा रहा हूँ···।"

भापाजी रात की बात लेकर भरजाई पर कुढ़ने लगे।

हरपाल को माँह बहुत पसन्द थे। उस दिन भरजाई ने माँह बनाने थे लेकिन टी० वी० पर नाटक देखने के चक्कर में माँह जल गए। हरपाल ने रोटी के लिए शोर मचाया तो भरजाई ने एक कटोरी परोस दी। हरपाल ने पहला कौर मुँह में डाला और थाली पटक दी। "यह माँह की दाल बनाई है या माँ का सिर।"

भरजाई ने भी कह दिया—"काम के न काज के दुश्मन अनाज के।" इतने से भी तसल्ली नहीं हुई तो मेज पर पोंछा लगाती ने यह भी कह डाला, "तुम तो इस घर के पेड़ पर अमरबेल हो अमरबेल।"

"अच्छा अमरबेल हूँ, मैं तुम सब लोगों का खून पी रहा हूँ···बेकार निठल्ला हूँ मैं···मैं नहीं रहूँगा इस घर में, सबकी आँखों में मिर्च की तरह लगता हूँ···नहीं रहूँगा···चला जाऊँगा यहाँ से···।"

अमरबेल। अमरबेल परोपजीवी होती है न। बस अपना दायरा बढ़ाती रहती है। उसकी बढ़ोतरी उस पौधे या वृक्ष के लिए बदकिस्मती बन जाती है जिस पर वह रहती है। उसकी कोई जड़ भी नहीं होती। हरदीप को बुरा लगा। भरजाई को ऐसा नहीं कहना चाहिए था। उन्होंने उसका जख्म कुरेद दिया है।···हरपाल भी तो गुस्सैल है। दाल अच्छी नहीं बनी, मत खाओ। हरदीप से अण्डा फ्राई करवा लेता और रोटी खा लेता। 'माँ का सिर' कहने का मतलब ?

कौन जानता है कि खड़कुओं से जा मिलने की हरपाल की पहले से ही मानसिक तैयारी थी या नहीं ? लेकिन उसके जाने की तोहमत छूटी भरजाई पर।

हरपाल चला गया। बहुत खोजने पर भी उसकी सूचना नहीं मिली। मनजीत भाजी दो बार दरबार साहिब से भी जितनी खोज कर सकते थे, कर आए। कुछ पता नहीं चला ··। दोस्त-यार, सगे-सम्बन्धी सब जगह पूछा। कोई खबर नहीं मिली।

पुलिस की प्यासी रूह घर पर मँडराने लगी। भापाजी को आए दिन चौकी से बुलावा आ जाता। डाँट-डपट। गुस्सैल नजरों के साथ दागा जा रहा था बार-बार वही सवाल "हरपाल कहाँ है ? उसके किन-किन लोगों से क्या-क्या सम्बन्ध थे—क्या वह कभी पाकिस्तान भी गया ?"

उसकी कालिज के दिनों की गत्तका खेलने वाली तस्वीर पुलिस का दस्तावेज बन गया था।

हरदीप ने फिर अपना ध्यान पत्रिका के लेख में केन्द्रित करना चाहा। अभी वह मुश्किल से यही तय कर पाई थी कि वह कहाँ से पढ़ रही थी, उसका ध्यान सन्ध्या की तरफ चला गया। सन्ध्या कितनी प्यारी लड़की है ! उसे धन्यवाद देना चाहिए था जो उस दिन उसने उसे बैठक में जाने को कहा।···अगर वह बैठक में न होती तो कैसे इतने लोगों के विचार सुन पाती···कैसे डा० मीता से भेंट होती ? और कैसे अविनाश से वह मुलाकात होती ? उस मुलाकात में उसने फिर कुछ कठोर किस्म का व्यवहार किया, क्यों किया ऐसा ? क्यों ऐसा हो जाता है ?···जबकि

वह ऐसा सोच नहीं पाती···उसके बारे में इतनी सचेत रहती है कि कुछ तय करने में कुछ का कुछ हो जाता है।

एक चिड़िया पंखे से टकरायी और उसके परखचे उड़ गए। हरदीप ने पंखा बन्द किया जबकि अब इसका कोई लाभ नहीं था। हरदीप ने बैडशीट से चिड़िया की देह को रूमाल पर रखा। करीब से देखा···वह शाश्वत तौर पर फुर्र हो चुकी थी···चिरन्तन सत्यों की तलाश में।

अविनाश के लिए हरदीप का मन किसी अत्यन्त गहरी पीड़ा से भर उठा।

पिछले दिनों हरपाल के चले जाने से भापाजी बेहद उदास और गमगीन से रहने लगे थे। उनकी सफेद दाढ़ी में चेहरे का ऐसा पीलापन झाँकने लगा था, जैसा ऑपरेशन के दिनों में भी नहीं था।

एक दिन मौसी की बातें सुनकर भन्नाये हुए आए, "एक तो हरपाल ने मेरी क़मर तोड़ दी है, दूसरे तुम किसी तरफ नहीं लगने देती।··· आखिर क्या बुराई है पटियाले वाले लड़के में। एक्साइज में इन्स्पेक्टर है। पढ़ा-लिखा है···खाता-पीता अच्छा घर है। गुरमुख आदमी है। रोज गुरुद्वारे जाता है। ऐसा लड़का मिलना कहाँ आसान है। फिर कोई लम्बी-चौड़ी माँग नहीं।"

हरदीप कुछ नहीं कहेगी। फर्श से निगाहें भी नहीं उठेंगी। वे झल्ला उठेंगे, "नरिन्दर, तुसी समझाओ इसे। जब बेटी छत-जैसी ऊँची हो जाए तो बाप को नींद नहीं आती।"

नरिन्दर भरजाई ने सलाह दी, "तुम अविनाश से क्यों नहीं मिलती?"

"वे मुझसे दूर हो चुके हैं।"

"तुम्हारा पागलपन है और कुछ नहीं। ऐसी दूरियाँ बनाए रखने से बनी रहती हैं। तुम एक बार जाओ समर्पण की भावना के साथ। देखना कोई दूरी नहीं रहेगी।···अविनाश पर भरोसा किया जा सकता है।··· बहुत अच्छा आदमी है।···एक बार गलत मोड़ मुड़ जाओगी तो जिन्दगी भर पछताओगी।···तुमसे नहीं होता तो मैं बात करूँ।"

ऐसा नहीं कि हरदीप ने अविनाश को चाहा न हो···बहुत चाहती

थी, जी-जान से। उन दिनों उसका हर सपना अविनाश से शुरू होकर अविनाश पर ही खत्म होता था। उठते-बैठते, जागते-सोते कोई ऐसा हिस्सा नहीं था जिस पर अविनाश की कोई जगह न हो।···यह पहले प्यार की दिवानावार चाहत थी जिसकी शिद्दत को शब्दों में नहीं बाँधा जा सकता।

फिर भापाजी की किडनी बदलने का सवाल सामने आया, उनके लिए किडनी नहीं मिल रही थी। एक साबित जिन्दा आदमी की किडनी चाहिए थी। विज्ञापन दिए जा चुके थे, इधर-उधर झोंपड़पट्टी में, कारखाने के मजदूरों में, होटलों पर बर्तन धोने वालों में सब जगह एक किडनी की तलाश की गई। सब व्यर्थ रहा। अविनाश के सामने यह समस्या रखी गई तो वह एकदम तैयार हो गया जैसे अपने पिनकुशन से एक आलपिन निकालकर देने की बात हो। हरदीप नहीं चाहती थी कि ऐसा हो। उसे बार-बार लगता रहा कि यह एक्सप्लायटेशन है सम्बन्धों की। ऐसा नहीं कि वह भापाजी से प्यार नहीं करती थी या उनकी सलामती नहीं चाहती थी···लेकिन इसके लिए अविनाश का इस तरह कुर्बानी के लिए तत्पर हो जाना उसे बहुत अजीब लगता था।

उसने रोकने की कोशिश की लेकिन बेअसर।···हरदीप को अपने घर के लोगों का रवैया इस तरह का लगा कि जैसे उनके गले का फन्दा अविनाश के गले में कस रहा हो।···अविनाश की आत्मबलिदान की भावना कचोटने लगी। उसे सरासर अविनाश की अहम्मन्यता लगी या महनीय बाँध···। उसे लगा कि महान करार दिए जाने के लिए वह कुछ भी कर सकता है।

ऑपरेशन के दिन के बाद से घर में अविनाश के नाम की धूम मच गई। वह नाम एक उदाहरण बन गया। परिवार वालों को उसे देवता स्वीकार करने में कोई संकोच न था।···उसे देवता और ऊँचे दर्जे का इन्सान समझ लेने के बाद उनके लिए इसकी संभावना गौण हो चुकी थी कि आखिर वह भी एक इन्सान है···जीता जागता···जिसके उनके घर की एक मात्र जवान लड़की से प्रेमपरक सम्बन्ध हो सकते हैं···।

हरदीप अविनाश को लेकर पनपी हुई उदात्तता में और शोर-शराबे

में अजीब तरह से तटस्थ होती जा रही थी। कभी वह सोचती कि अविनाश ने जो कुछ भी किया उसके लिए या उसके परिवार के लिए किया। उसे बेकसूर मान लेने पर भी वह एक अजनबी धुन्ध और ठण्डेपन में लिपटी रहती।

इस धुन्ध को काट फेंकने का सिर्फ एक मौका बना। जब वे लोग बैठक के लिए एकत्रित हुए थे। वह सन्ध्या के लिए इसलिए कृतज्ञता महसूस करती थी कि उसने उसे वहाँ भेजकर अविनाश से मिलने का मौका दिया।

हरदीप ने एक तकिया बैड के पिछले बाक्स पर टिकाकर सीधा खड़ा किया और उस पर पीठ टिका दी। टाँगें सीधी पसार दीं, दूसरा तकिया गोद में रख लिया और डा० मीता की दी हुई पत्रिका खोलकर देखने लगी। जहाँ महिलाओं के लिए दूसरी पत्रिकाएँ 'अचार कैसे डालें ?' 'चटनी बनाने का तरीका', 'गर्मियों में घूमने जाएँ तो किस रंग की साड़ी साथ हो', 'नहाने की तैयारियाँ', 'गोरे कैसे बनें ?', 'सेक्स की समस्याएँ और महीने के व्रत अनुष्ठान' जैसे विषयों से भरी रहती हैं, यह पत्रिका दबी-कुचली महिलाओं और चल रहे संघर्षों के बारे में लेखों से भरी थी। इस तरह से इस पत्रिका को लेकर हरदीप की पहली राय तो यह बनी कि यह पत्रिका निकालने वाले महिलाओं को केवल घर, उपभोक्ता संस्कृति का हिस्सा मानकर वास्तविक मुक्ति के लम्बे संघर्ष में एक बराबर का हिस्सेदार समझते हैं।

पत्रिका में पहला लेख धर्म और साम्प्रदायिकता पर था। हरदीप गौर से पढ़ने लगी, "धर्म अन्तिम रूप में समाज और व्यक्ति के विभाजन पर, तथा उनके बीच के काल्पनिक वैमनस्य पर आधारित है। जब तक फरिश्ते बने पोंगे लोग और अपने स्वार्थों के लिए सिर चढ़ाने वाले अहम-वादियों का समाज मौजूद है, राज्य अपनी नकेल हाथ में लिये प्रस्तुत रहेगा। न्यायाधीश दण्ड की घोषणा करते रहेंगे, जल्लाद फाँसी की डोरी खींचते रहेंगे, चर्च और अन्य धर्मस्थान आत्मा की शान्ति और मुक्ति की प्रार्थना करते रहेंगे तथा पुलिस वाले मुजरिमों या कथित मुजरिमों की टोह लगाते रहेंगे।

"धर्म का पॉजिटिव रोल तो एक सपना ही बना रहा…धुन्ध में लिपटा हुआ…लेकिन नीगेटिव पक्ष ने धरती पर मासूम इंसानों का इतना खून बहाया है कि किसी भी पत्थरदिल के डर से रोंगटे खड़े हो जाएँ। इसका नीगेटिव पक्ष वह अन्धी साम्प्रदायिकता है जो अपने झण्डे को बुलन्द करने की हविस में लाशों का अम्बार लगा देने में जरा भी संकोच नहीं करती…"

उस दिन हरपाल अगर पाँच मिनट भी लेट हो जाता तो वह अविनाश के साथ कॉफी पीने के लिए निकल चुकी होती। अविनाश खुद बड़े मन से बातचीत करना चाह रहा था। हरदीप भी तैयार हो गई थी, लेकिन हरपाल के तुरन्त आ जाने से जैसे खाका ही बदल गया हो। हरदीप ने घर आने के लिए कहा तो अविनाश ने मंगल लोगों के यहाँ जाने का बहाना बना दिया। उस वक्त वह खुद चाहने लगी थी कि आज सारी बातचीत हो जाएगी—सारी मन की गिरह एकदम खुल जाएगी…वे सारी बातें जिनको वह शब्द नहीं दे पायी—बस चुपचाप तटस्थता की राह स्वीकार कर गई।

अविनाश प्रताड़ित हुआ और वह तटस्थ न रह सकी। बराबर दुःख महसूस करती रही। लेकिन सब कुछ इच्छानुसार कहाँ होता है फिर तब जब इच्छा भी जटिल हो चुकी हो।

अगले दिन जब सन्ध्या उसके पास 'बैठक में क्या-क्या हुआ', जानने के लिए आई तो हरदीप ने सन्ध्या से पूछा, "दुःख क्या गीली लकड़ी की तरह होता है—जले भी और नापसन्द भी किया जाता रहे।"

सन्ध्या के पास इसका जवाब न था। उसने भी अविनाश से मिल लेने का मशवरा दिया।

वह अविनाश से मिली, लेकिन शायद इसके लिए देर हो चुकी थी। वह मनोवेगों के कई पुल पार कर चुका था।

बैठक की उस शाम के बाद और उससे पहले हरदीप को लेकर उसके दिमाग में कुछ सवाल उभरे थे।

पहला सवाल यह कि कहीं हरदीप आजकल अपने को सिख परिवार की लड़की और उसे हिन्दू तो नहीं समझने लगी? आजकल की दूषित

हवा में ऐसा सोच लेना गैरमुनासिब भी नहीं ।

'नहीं ऐसा नहीं हो सकता। मैं हरदीप को जानता हूँ, वह ऐसा सोच भी नहीं सकती। कतई भी नहीं···' उसके अन्तर्मन से आवाज निकलती।

फिर एक सवाल और उभरता, 'कहीं ऐसा तो नहीं कि एक किडनी दे चुकने के बाद हरदीप उसे एक अधूरा व्यक्ति समझती हो। वह सोचने लगी हो कि अपाहिज आदमी के साथ जिन्दगी गुजारने में क्या सुख? वह सुन्दर है। पढ़ी-लिखी है, समझदार है, अच्छे घर की है, उसे एक से एक अच्छा योग्य वर मिल सकता है। अगर वह ऐसा सोचती है तो यह एक व्यावहारिक नजर है। हमेशा जज़बात निभाये रखना तो अविनाश जैसे उल्लू लोगों का काम है। अविनाश अब सिर्फ ग्रेट माने जाने की चीज़ हो गया है। जिसे ग्रेट मान लेते हैं उस पर सिर्फ श्रद्धा के फूल चढ़ाए जा सकते हैं।···उससे शादी-ब्याह की बात थोड़े ही की जाती है। फिर वह भी अविनाश जैसे···अपनी अपंगता के लिए कोई उसे योग्य शब्द नहीं मिल रहा था। परम्परा में लूले, लँगड़े, टुण्डे, काने और जैसे विशेषण मौजूद थे···लेकिन इनमें से कोई भी विशेषण बगैर एक किडनी के आदमी के लिए नहीं था···हाँ 'अन्धा' उस पर ठीक उतरता था और इस कामकाजी, चापलूस, अर्थलोलुप और स्वार्थी दुनिया में वह 'अक्ल का अन्धा' था। निःसन्देह वह अपने आपको 'एक किडनी वाला आदमी' मानता था। और 'एक किडनी वाले आदमी' को कोई हक नहीं रह जाता कि वह हरदीप जैसी मार्के की लड़की से 'उम्र भर के साथ' के ख्वाबों में भटकता फिरे।

उसने अपने लिए 'किडनड़ा' विशेषण खोज लिया। हरदीप अगर उस जैसे 'किडनड़े' से दूर रहने की कोशिशें कर रही है तो इसमें ग़लत क्या है?

अविनाश सोचने लगता कि उसने क्या ग़लत किया? कहाँ ग़लत किया? वह अगर 'किडनड़ा' बना तब भी हरदीप के लिए न!

उन दिनों हरदीप और उसके परिवार की सबसे बड़ी समस्या 'एक

किडनी' की तलाश थी।···हरदीप की खुशी के लिए उसने अपनी किडनी आफर की।···सिर्फ आफर की ? निकलवा कर दे दी···वह व्यावहारिक होता तो सिर्फ आफर करता और बाद में कोई बहाना लेकर निकल जाता।

उसके लिए क्या यह सब आसान था ? क्या किडनी कोई घर में टूटा प्लास्टिक का खिलौना होती है···उठाई और किसी भी बच्चे को दे दी ? वह खुद किडनी को फटा पोस्टकार्ड समझ बाहर फेंकने के लिए उठाए नहीं फिरता रहा। जितनी जान दूसरे लोगों को प्यारी है उतनी उसे भी तो थी। वह खुद को प्यार करता था, करता है और करता रहेगा। आत्महत्या का भी उसने कभी नहीं सोचा न दधीचि जैसा आत्म-बल उसमें था कि हथियार बनाने के लिए रीढ़ की हड्डी दान में दे दे और न इस दर्जा तपस्वी अवस्था कि आत्मा को सब कुछ माने और जिस्म को कुछ भी नहीं···।

वह अपनी 'किडनी' को 'किडनी' ही समझता था। दे देने से पहले डाक्टर से परामर्श भी किया था। अनेक दुश्चिंताएँ और कमजोरियाँ उसे बराबर घेरती थीं। उसने उन पर काबू रखा था।

किडनी दे चुकने के बाद उसकी चर्चा के शोर-शराबे में भी अपने भीतर एक खोखलेपन का अहसास उसे बहुत दूर तक दबाता रहा। उसे लगता था कि उसके भीतर से कोई चीज निकल गई है और वहाँ शून्य भर गया है। यह ख्याल आते ही टाँगों में अपना बोझ उठाए रखने की क्षमता रिस जाती···वह खुद को एक निचुड़ा हुआ आदमी समझता।

बेशक डाक्टर ने इस गह्वर में से निकलने के लिए उसका बहुत साथ दिया था, लेकिन उसे हरदीप से जिस प्यार की, स्निग्धता की जरूरत थी वह उसे क्रमशः दूर होती लग रही थी···कभी उसे ऐसा भी लगने लगता कि सुन्दरता और प्यार की आड़ में उसका शिकार खेला गया है। तब उसका किसी खण्डहर में बैठकर रोने का जी हो जाता।

फिर वह सोचता कि उसने एक अच्छा काम किया है। अच्छे काम के लिए बहुत-से बहानों की क्या जरूरत है। क्या इतना कम नहीं कि एक आदमी को जिन्दगी मिल गई।

लेकिन सम्भव है हरदीप के लिए उसके 'किडनड़े' होने का सवाल नहीं हो। तब ?···तब एक ही सवाल बचता है कि हरदीप को उस जैसे आदमी, जिसके पास न ढंग का मकान हो, न लम्बी रकम पाने वाली नौकरी, न सामाजिक राजनैतिक रुतबा, के साथ जिन्दगी बसर करने की कोई तुक न नज़र आती हो।

उसने उसे सिर्फ पढ़ाई में सहायता करने योग्य समझा हो। वह काम पूरा हो जाने पर उसकी कोई जरूरत न रही हो। एक बार उससे बात तो करनी ही होगी।···वह बहुत बार सोचता और उतनी ही बार टाल देता···। फिर एक दिन जब पंजाब समस्या पर हुई बैठक में अचानक उसकी नजर हरदीप पर पड़ी तो उसने तय किया कि वह उससे पूरी तरह बात करेगा।···लेकिन यह अवसर भी हाथ से किसी सुगन्ध भरे झोंके की तरह छूट गया।

उस रात अविनाश अपने दर्द को बिना हमदर्द के भूल जाने की अधूरी चेष्टाएँ करता रहा। उसका न तो खाना खाने को मन हुआ न खुद स्टोव पर खिचड़ी पका लेने को जी चाहा, मकान-मालकिन खीर की एक कटोरी दे गई थी। वह भी ज्यों की त्यों पड़ी रही।

सुबह उठते-उठते उसने इस दर्द को स्थगित कर देने का तय किया। इस टोन में जब उसे ही मुझे लेकर कोई चिन्ता, लगाव या परेशानी नहीं है तो मैं क्यों खाक छानता फिरूँ···कोई किसी के बगैर मर नहीं जाता। वह उठा। ब्रुश किया। ठंडे पानी के छींटे मुँह पर मारे और खीर गर्म करके खाने लगा। उसे ख्याल आया कि महात्मा बुद्ध जब तपस्या में अचेत होने लगे थे तब किसी महिला ने उन्हें खीर खिलाई थी। इस ख्याल पर वह मुस्करा दिया।

उस दिन से वह रोज शाम बलविन्दर लोगों से मिलने लगा। उसे लगा उसके लिए पूरा क्षेत्र खुला है। करने के लिए बहुत काम है। वह तो खामखाह अपना जुकाम लेकर कमरे में बन्द होता जा रहा है··· रास्ता आगे निकलता है···और उस रास्ते की अपनी संभावनाएँ हैं।

तारनसिंह छोटी फैक्टरियों के मजदूरों के बीच काम करता था।

उनकी दशा बहुत विकट थी। फैक्टरियों के मालिकों के मजदूरों के साथ सम्बन्ध भी अजब थे। सुबह माल तैयार करने की किसी गलती पर मजदूर की तनख्वाह में से एक सौ रुपया काट लेंगे। शाम को उसके बच्चे के लिए गेंद दे देंगे। एक शाम उसे खूब डाँट पिलाएँगे। गधे तक का दर्जा दे डालेंगे। अगले दिन सुबह स्कूटर पर उसके घर पहुंच जाएँगे और घर से ले आएँगे।

तारनसिंह के लिए भी इनकी लड़ाई बहुत पेचीदा बनी रहती। लेकिन तारनसिंह का जीवट, व्यवहार की समझ और शोषण के प्रति नफरत गज़ब की थी।

अविनाश के लिए बहुत काम था और सोचने के लिए बहुत से गम्भीर मुद्दे थे। उसे यह देख-देखकर दुःख हो रहा था कि जनता की वास्तविक चिन्ता रखने वाले लोग छोटे-छोटे गुटों में बँटे हुए थे। लोगों के लिए मुक्ति की बात सभी के सामने थी, लेकिन लोगों की मुक्ति के लिए व्यापक संगठन की बात किसी के पास नहीं।

पंजाब का सन्ताप तो उससे सहा नहीं जा रहा था। रोज अखबार लाशों की तस्वीरों से भरा रहता। कई दफे वह सोचता, पंजाब समस्या, गोरखालैंड या टी० एन० वी० इनका स्वरूप कैसा भी हो, हैं तो खास तरह की व्यवस्था की देन।

एक दिन सुबह अचानक जब वह नहाकर कमरे में गया तो किताबों, पत्रिकाओं को झाड़कर तरतीब देती हरदीप को देखकर हैरान रह गया। रविवार का दिन था। हरदीप जानती थी कि वह जरा देर से उठेगा। और देर तक अखबार और पत्रिका फाँकता रहेगा फिर कहीं दस-साढ़े दस बजे नाश्ता होगा।

लेकिन इन आदतों में काम के कारण तबदीली आ चुकी थी। अब कई दफे रातभर वह तारनसिंह के कमरे में ही रह जाता। कई दफे तड़के उठकर निकल जाता। इधर एक पर्चा निकालने की योजना में उसकी व्यस्तता और भी बढ़ गई थी।

"अरे···! कमाल है···" अविनाश के मुँह से निकला।

"देख रही हूँ, पत्रिकाएँ और किताबें बढ़ती जा रही हैं। इनके लिए—

एक बड़ा रैक तो लेकर आइए। यह अलमारी तो पूरी ठुंसी हुई है।"

हरदीप इस तरह स्वाभाविक व्यवहार कर रही थी जैसे बीच के इस पूरे समय के टुकड़े में कोई व्यवधान उभरा ही न हो। जैसे वह किताब से धूल पोंछने की तरह समय को भी पोंछ सकती हो। 'भुलावा होता है साहब ! कोई पोंछ नहीं पाया' अविनाश ने मन में कहा।

"आप प्लीज मेरी मदद करें। मेज पर पड़ी तमाम किताबें और पत्रिकाएं मुझे पकड़ा दें। और कुर्सी पर से भी। किताबें आखिर सब कहीं तो नहीं हो सकतीं।"

"इन्हें जहाँ होना चाहिए वहाँ भी नहीं हो रहीं।" कहने को वह कहना यह चाहता था कि अब इस नाटक की क्या जरूरत है ?

"कभी-कभी मुझे लगता है किताबों की दुनिया का अपना जादू है।" हरदीप ने कहा।

"किताबों की बात दरकिनार रखें, मुझे तो कई बार लड़कियाँ भी जादू का खेल खेलती दीख पड़ती हैं।"

हरदीप ने पूरी अर्थवत्ता सोखने के लिए चेहरा उस ओर घुमाया और अविनाश को गम्भीर पाकर मुस्करा दी।

"तुम यह क्या खटराग छेड़ बैठी। यह व्यवस्था तो मुश्किल से एक-दो दिन ही चलेगी।"

"मैं फिर आकर सँभाल दूंगी।"

"कहाँ बार-बार आने की फुर्सत रहेगी तुम्हारे पास ? आज भी पता नहीं कैसे इतने दिनों बाद···"

"आप कहें तो हमेशा के लिए आ जाऊँ इसी कमरे में।"

इतना अचानक सवाल था कि अविनाश को जवाब में दो-चार शब्द ढूंढने के लिए भी जैसे कुएं में डुबकी लगानी पड़ी। एक बार वह हरदीप के खिले, लेकिन खास शर्म से भरे और मुस्कराते चेहरे को देखता ही रह गया। वक्त की धार भी कैसी बेरहम होती है। काटते वक्त आगा-पीछा नहीं सोचती।

अविनाश के मुँह से सिर्फ इतना फूटा, "अपने ऐसे भाग कहाँ।" ठेठ अभिव्यक्ति। जिसमें न जाल न जाले।

हरदीप फिर मुस्करा दी, ऐसी मुस्कराहट जिस पर सदियों से बहुत कुछ न्यौछावर होता रहा है।

"भापाजी कैसे हैं।" अविनाश ने सचेत होकर पूछा।

"जैसे हो सकते हैं।"

उसके कुछ पल्ले पड़ा, कुछ नहीं।

"झाईजी। नरिन्दर भरजाई?"

"हरपाल का नहीं पूछेंगे।"

"क्या हुआ? खैरियत तो है?" उसका गमगीन चेहरा देखकर अविनाश ने पूछा।

"एक रात वह अचानक घर से चला गया। उसके कमरे में चिट मिली···खड़कुओं के साथ जा रहा हूँ।···तब से घर का सुख-चैन ही लुट गया है।" कहते-कहते उसकी रुलाई फूट पड़ी।

"मुझे इसी का डर था।" अविनाश ने कहा। फिर पूछा, "कोई खबर, कोई रुक्का?"

"कुछ नहीं···पुलिस आए दिन अलग परेशान करती है···भापाजी का, झाईजी का बुरा हाल हो रहा है।"

अविनाश ने उसके कन्धे पर हाथ रख दिया, जैसे सहारा दे रहा हो।

"कितने दिन हो गए?"

"पाँच तारीख से।"

"पच्चीस दिन हो गए और मुझे किसी ने खबर भी नहीं दी। मैं उस घर से इतना दूर हूँ?"

दीप ने इनकार में सिर हिलाया। आँसूभरी आँखें और सिर हिलाने पर झूमती हुई बालियाँ। अविनाश का उसे चूम लेने को मन कर आया। आँसू के खारेपन को जुबान से स्पर्श करने का···। लेकिन उसने हाथ बढ़ाकर आँसू पोंछ दिए और थोड़ा पीछे हट गया।

"हिम्मत से काम लो, दीप। यह हमारी शताब्दी का जहर है··· हमें पीना ही होगा।···पीना ही होगा और थूकना भी होगा। ठीक जगह।"

"हरपाल अब हमें कभी नहीं मिलेगा ?" हरदीप ने पूछा।

एक सवाल था जिसका जवाब अविनाश के पास भी नहीं था।… कमरे में आधा मिनट तक सवाल निगाहों से और दीवारों से टकराता रहा।

अविनाश ने कहा, "हिम्मत से काम लो, दीप। मुँह धो लो। मैं चाय बनाता हूँ।"

"नहीं, चाय मैं बनाऊँगी।"

"अच्छा बाबा ! पहले मुँह-हाथ धो लो।"

"आपने नाश्ता नहीं किया न ?"

अविनाश ने इनकार में सिर हिला दिया।

"ब्रेड और बटर ले आएँ बाजार से जरा।"

अविनाश को याद नहीं आ रहा था पिछली बार उसने ब्रेड के साथ बटर कब खाया। लेकिन उस वक्त उसकी निगाहें कुछ और खोज रही थीं। दीप के मुँह-हाथ पोंछने के लिए कोई दूसरा तौलिया नहीं था। बहुत देर से उसका काम एक ही तौलिए से चल रहा था। उसने दीप को सुझाव दिया कि वह तौलिए की जगह दराज से रूमाल ले ले। लेकिन उसने वही तौलिया ले लिया और गालों से सटाते हुए कहा, "आपसे जो काम कहा है, आप करें।"

नाश्ते के बाद हरदीप ने कहा, "भापाजी हरपाल को लेकर परेशान हैं ही, अब मुझे लेकर भी सोचने लगे हैं।"

"क्यों, तुम्हारा क्या है।" उसने बुद्धू की तरह सवाल किया और फिर पछताया।

"वे पटियाला में एक लड़का देख रहे थे मेरे लिए।"

"तुमने क्या सोचा ?"

"आप बताएँ क्या सोच सकती हूँ मैं ?"

"कुछ भी…आखिर तुम्हारे सामने पूरी जिन्दगी पड़ी है। तुम्हें सोच-समझकर ही फैसला करना चाहिए।" उसके भीतर से 'किडनड़ा' शब्द जोर से उठ रहा था।

"मैं यह पूछना चाहती हूँ कि यह समस्या सिर्फ मेरी है या आपकी

भी ?"

"मैं समझा नहीं ।" अविनाश ने भौंचक होकर कहा ।

"सीधी-सी बात है और आपके लिए बहुत आसान ।"

"पहेली की बजाय खोलकर कहो ।"

"हम दोनों एक साथ नई जिन्दगी शुरू कर सकते हैं ।···आप कहें तो मैं भरजाई से कह दूँ । वे भापाजी से कह देंगी ।"

"हूँ···ऊँ ।" अविनाश जैसे कहीं डुबकी लगा गया हो ।

"आपको विचित्र लग रहा है ?"

"स्थितियाँ अजीबो-गरीब खेल खेलती हैं···।" अविनाश ने कई उलझे सूतों का सिरा हाथ में लेने की कोशिश की । उसे इसमें दीप के साथ गुजारे कई शानदार क्षण पलक झपकते-से लगे ।···उसने फिर कहा, "अब जिस रास्ते पर मैं कदम रख चुका हूँ यह है तो सिर्फ मानवी मुक्ति के लिए एक सीधा-सा रास्ता लेकिन, क्योंकि यहाँ छींक को ठीक और गलत को गलत कहना जोखिम भरा होता है इसलिए बहुत मुश्किलों भरा है ।···यह रास्ता चुनने के लिए मुझ पर कोई बाहरी दबाव नहीं थे···मैंने अपनी इच्छा से इसे चुना है ।···अब मेरे लिए इस संघर्ष के रास्ते से अलग कुछ सोचना मुश्किल है ।···मैं नहीं चाहूँगा कि लड़ाई से पहले मेरे हाथ बँधे हुए हों ।" उसने मुश्किल से इतना कुछ कहा ।

"कहीं ऐसा तो नहीं कि···आप अपने आपसे ऊबकर संघर्ष में उतरे हैं ।"

"तुम शब्दों का चुनाव करते वक्त गच्चा खा जाती हो । सीधा क्यों नहीं कहती कि प्यार से हार कर संघर्ष में उतरा हूँ और वह भी तुम्हारे प्यार में ?" अविनाश ने कहा ।

हरदीप सिर्फ ओंठ काट कर रह गई ।

"लो सुनो, आज मैं सब कुछ कह दूंगा । मैं ऊबकर संघर्ष में नहीं उतरा ।···मैंने तुमसे प्यार किया है । बेहद प्यार किया है । सच्चे दिल से । इससे ज्यादा मैं कभी जिन्दगी में किसी चीज को नहीं चाह सका ।···लेकिन तुमने पूरी निर्दयता से मेरे अहसासों को रौंदा है ।···यह मेरे लिए बहुत बड़ी यातना रही है । मैं तड़पता रहा हूँ एक बूंद प्यार के

लिए।···लेकिन यह मेरी अन्तिम पराजय नहीं थी···मुझे अब भी लगता है कि अगर मेरी जिन्दगी में कोई लड़की आई भी तो मैं उसे वह प्यार की तीव्रता नहीं दे सकता, जो तुम्हारे लिए मेरे भीतर मौजूद थी।··· खैर, मैंने इसे स्वीकार कर लिया है, लेकिन संघर्ष में कूदना मेरे लिए अनिवार्य इसलिए था क्योंकि यह मेरे भीतर की पुकार थी···मैं जिन्दगी से प्यार करता हूँ इसलिए इंसाफ को प्यार करता हूँ।···जिन्दगी और जिन्दगी के इंसाफ की हिफाजत आज वाक्पटुता से नहीं हो सकती···। इसलिए मुझे एक लम्बी लड़ाई के लिए तैयार होना पड़ा···। अब मैदान में उतरकर भागना मेरा असूल नहीं है।"

"लेकिन उन दिनों आप खुद यही कुछ चाहते रहे हैं।"

"सचमुच चाहता रहा हूँ। उन दिनों तुमने उस कोमल पत्तों वाली टहनी को झटका न दिया होता तो शायद यही प्रस्ताव मुझे दुनिया का सबसे बड़ा सपना पूरा होने जैसा लगता···तब मेरे सामने मेरी लड़ाई की शक्ल शायद इतनी साफ नहीं थी।···मुझे अपने साथियों के साथ एक लम्बी लड़ाई लड़नी है, जिसमें कुछ भी हो सकता है···जेल, यातना शिविर···या गोली, कुछ भी।"

"आप शायद अब मुझसे प्यार नहीं करते।"

"ऐसा मत कहो। बहुत प्यार करता हूँ और प्यार के काबिल माहौल बनाने के जेहाद में लग गया हूँ।···तुम समझने की कोशिश नहीं कर रही। जरा आँखें खोलकर देखो, दीप। किसी साजिश ने हमारे जीवन के चप्पे-चप्पे को ऐसी दूषित हवा से भर दिया है कि दम घुटता है।··· बेइन्साफी···दमन के शिकार हजारों-लाखों लोग अँधेरे में भटक रहे हैं। ···एक दारुण जिन्दगी जी रहे हैं···सुनने-देखने में अजीब लगता होगा लेकिन यह बिल्कुल सच है···प्यार की दुनिया कायम करने के लिए नफरत की भयंकर आग से गुजरना होगा।···धरती को निर्दोषों से परिपूर्ण देखने का सपना हमारे प्यार का सबसे बड़ा अंजाम है।"

"आपकी सारी बातें ठीक हैं,···लेकिन मुझे बराबर लग रहा है कि मैंने आपको निराश किया है।"

"नहीं दीप। जिस काम में हम लोग लगे हैं वहाँ निराशा का नाम

तक नहीं, तुम अपने आपको अपराधी मत समझो।···मेरे लिए यह बात हमेशा सम्मान की रहेगी कि तुमने बेशक देर से सही, मुझे अपने साथ पूरी जिन्दगी गुजारने लायक समझा···नहीं तो शायद सम्बन्धों का यह पहलू मेरे लिए हमेशा एक अनसुलझी पहेली बना रहता और वक्त-बेवक्त इसके ताने-पेटे में की तन्द्रा में उलझा रहता।···मुझे बार-बार यह सवाल कोंचता रहता कि आखिर खोट कहाँ थी ? मेरी मासूम और निर्दोष ख्वाहिशों को दीप ने क्यों गम्भीरता से नहीं लिया ?

"मैं तुम्हारा शुक्रगुजार रहूँगा दीप ! मैं तुम्हारा दोस्त हूँ—रहूँगा।" अविनाश ने उसका हाथ अपने हाथ में लेकर कहा। कुछ मिनटों बाद आहत-सी हरदीप चलने के लिए अपनी सैंडिल खोजने लगी।

"जा रही हो ?"

"हाँ, आज सुबह एक चिड़िया पंखे से कटकर मर गई। जिस चादर पर वह गिरी थी वह मुझे अभी जाकर धोनी है।"

ग्यारह

अविनाश ने करवटें लेना छोड़ दिया। बहुत बेचैनी हो रही थी। पूरा पंजाब जिस गहरी वेदना के दौर से गुजर रहा है उसका अन्दाजा नहीं लगाया जा सकता, उसने सोचा कल ही उसका एक मित्र कह रहा था, "तुम्हें नहीं लगता खुड्डा बस कांड के खून के छींटे हम सब लोगों की कमीज पर पड़े हैं।"

"हाँ, जबकि हम अभी तक आपरेशन नीला तारा और नवम्बर के दिल्ली कत्लों के छीटों के दाग धुलवा नहीं सके हैं।"

उसका वह मित्र अवाक्-सा रह गया था।

अविनाश की आँखों में अखबार के विवरण के जरिये बस का वह दृश्य झाँक उठा। बस का फर्श पूरी तरह खून से भीगा हुआ था। खून से किसी भी चीज को अलग नहीं किया जा सकता था।···खून से भीगी चप्पलें, बैग सब कुछ आदम-खून से तर था···चौबीस लाशें लेकर बस प्रशासन के कानूनी नुक्ते सुलझाने के लिए देर तक से इधर से उधर और उधर से इधर भागती रही। अविनाश ने बिस्तर छोड़ दिया। खद्दर के कुर्ते पर लोई ओढ़ ली और चप्पल पहनकर बाहर निकल गया। जाने से पहले उसने मंगल भाई और सन्तोष भाभी की तस्वीर की ओर एक नज़र देखा और तेज पीड़ा से भर उठा।

सड़क पर घुड़सवार पुलिस का एक दस्ता गश्त कर रहा था। अविनाश ने एक रेहड़ी वाले से मूंगफली खरीदी और कटर-कटर करता हुआ सेंट्रल टाउन की तरफ चल दिया। 'घोड़ों पर पुलिस की गश्त शहर में दहशत फैलाने के लिए होती है', उसने सोचा, 'दहशत पहले ही कहाँ कम है।'

तारनसिंह के कमरे में सामने दीवार पर लेनिन का बड़ा चित्र लगा

था। मेज पर अखबार फैले हुए थे। कमरे के एक कोने में तारनसिंह का बिस्तरा पड़ा था। दूसरे कोने में शायद छः महीने से ज्यादा वक्त के अखबारों का ढेर। आलमारी में एक पुराना टाइपराइटर पड़ा था, जिस पर वह प्राइवेट नौकरी से निकाले गए कर्मचारियों के प्रार्थनापत्र और नोटिस टाइप किया करता था।

उस समय भी उसे एक फुटबाल सीने वाला कर्मचारी अपनी व्यथा सुना रहा था। मालिक उसके पैसे दबाकर रखते हैं। उसके पूरे पैसे माँगने पर भी नहीं दिए गए। उसके नौकरी छोड़ जाने की धमकी देने पर उसे चोरी के इलजाम में निकाल दिया गया।

तारनसिंह उसकी बात ध्यान से सुन रहा था और दाढ़ी में उँगलियाँ फिरा रहा था। सिख परिवार में जन्म लेकर भी वह शक्ल से मोना था। कालिज के दिनों में जो सिर के बाल एक बार काटे तो फिर रखे नहीं।

"क्या हाल है ? मजे ?" तारन ने पूछा।

"मजे खाक होंगे आजकल। हालात ही दम नहीं लेने देते।"

"सो तो है।"

"बलविन्दर कहीं बाहर है क्या ?"

"नहीं, इंद्रजीत आया है, उसके साथ प्रेस तक गया है।"

'देर से आएँगे क्या ?"

"नहीं आता ही होगा।"

तारनसिंह ने फिर उस कर्मचारी से बात शुरू कर दी। अविनाश से कहा, "मैं जरा इसका काम कर लूँ। तुम अखबार देख लो तब तक। फिर गपशप होगी।...चाय तो चलेगी न ?"

"हाँ" कहकर अविनाश ने अखबार उठा लिया।

कारीगर नुक्कड़ वाले से चाय के लिए बोल आया।

तारनसिंह ने लिखने का काम शुरू करने से पहले फिर अविनाश की ओर देखा और कहा, "तुम्हें पढ़ने के लिए एक बढ़िया चीज देता हूँ।" फिर जेब से निकालकर एक कागज उसकी तरफ सरका दिया और कहा "बलदेव सिंह मान का पत्र।"

उसने पिछले दिनों अखबार में पढ़ा था कि उग्रवादियों ने बलदेव सिंह की हत्या कर दी है। मान किसानों के संघर्ष में कन्धे से कन्धा मिलाकर जुटे हुए थे। संघर्ष के काम में डूबे रहने के कारण उन्हें घर-परिवार से दूर रहना पड़ा। यहाँ तक कि प्रसवावस्था में पड़ी जीवन-संगिनी की खोज-खबर का काम भी उन्हें स्थगित करना पड़ा। अविनाश के हाथ में वह दस्तावेज—मान का अपनी प्यारी नवजात बच्ची को लिखा गया खरी भावना की खुशबू से भरा खत था। साफ पता चलता था कि एक सच्चे कम्युनिस्ट में इन्सानियत का तकाजा कितना प्रबल होता है। खत इस प्रकार था :

"तुझे स्वागत कहता हूँ, मेरी प्यारी बच्ची ! आज ही तेरे जन्म का समाचार तेरी दादी से 18 तारीख सितम्बर 1986 को प्राप्त हुआ। तेरी दादी ने समाचार उतनी प्रसन्नता से नहीं बताया जितनी प्रसन्नता से यह समाचार उसने तेरे स्थान पर लड़के के जन्म की स्थिति में मुझे देना था। क्योंकि तू एक लड़की है, इसलिए घर का माहौल तेरे जन्म से इतना खुशगवार नहीं हुआ। शोकसंतप्त ढंग से तेरी ताइयों ने यह कहा 'अच्छा गुड्डी आ गई ?' जैसे कि शायद इस प्रकार कुदरत ने मेरे साथ कोई बहुत बड़ा अन्याय किया हो। इस तरह के माहौल में तेरे आगमन के बारे में मुझसे पूछा जा रहा है। तेरे तायों ने इस पर कोई भी आज मेरे साथ टिप्पणी नहीं की। शायद वे इस बारे में कुछ भी न कहना बेहतर समझते हैं। कुछ कामरेड दोस्त जो मेरी विचारधारा से अवगत हैं, या इस प्रकार कह लो कि मेरी विचारधारा के साथी हैं तेरे जन्म की खुशी की बधाई देंगे और मामा से तेरे जन्म की खुशी में पार्टी लेने के लिए कहेंगे। तेरी दादी ने तेरे नानकों (ननिहाल) की ओर से भेजे गए बधाई के पैसों पर भी आश्चर्य व्यक्त किया है तथा हैरानी-भरे लहजे में पूछा है कि, 'लड़कियों की काहे की बधाई होती है ?' उसे यह गम है कि उसका पुत्र 'बढ़ा' नहीं, बल्कि वह तो 'घट' गया है। वह तभी 'बढ़ता' यदि उसके घर पुत्र ने जन्म लिया होता।"

तभी तारन के दफ्तर में एक लड़का चाय के तीन गिलास दे गया। तारनसिंह ने एक गिलास अविनाश को पकड़ा दिया।

"कुछ खाओगे क्या ?"

"नहीं, बस चाय की ही जरूरत थी।" कहकर वह चाय के छोटे-छोटे घूँटों के साथ शहीद बलदेवसिंह मान का पत्र पढ़ने लगा :

"मेरी बच्ची, मुझे इस सब पर कोई हैरानी नहीं और अत्यन्त गहराई के साथ इस बारे में ज्ञान है कि वर्तमान सामाजिक प्रणाली में लड़की एक बोझ समझी जाती है, ऋण का भार समझी जाती है। मैंने इस विषय पर बहुत कुछ पढ़ा है और आज मैं व्यावहारिक रूप में अपने इसी अनुभव तथा अनुभूतियों के साथ चल रहा हूँ। इससे बड़ा गम शायद तेरी दादी को इस कारण भी हो सकता है, क्योंकि मैं उसकी नज़रों में एक बे-कमाऊ तथा बेकार हूँ और शायद निकम्मा भी। इसलिए तुझे किसी कमाऊ और रोज़गार में लगे पिता की बेटी बनना चाहिए था।

"चलो, इस समाज का व्यवहार सदियों से ऐसा ही चलता आ रहा है। औरत की गुलामी का सिलसिला जागीरदारी तथा पूँजीवादी व्यवस्था की भी पैदावार है।

"मेरी बच्ची, तेरा पिता न ही निकम्मा और न ही बेकमाऊ है। वह इस समाज को बदलने की लड़ाई लड़ रहा है, जिस समाज में तेरा जन्म एक खुशीभरी खबर नहीं, बल्कि एक दुखभरी घटना माना जाता है। इसमें शक नहीं कि अधिक प्रगतिशील विचारों वाले भी समाज के लिए पथ-प्रदर्शक तथा नायक के रूप में पेश आते रहे, लेकिन व्यावहारिक जीवन में उन्होंने अपनी बेटियों के साथ वही व्यवहार किया जो घोर प्रतिक्रियावादी लोग किया करते हैं। लेकिन मैंने अपने जीवन को हमेशा ही इस तरह जीने का प्रण किया कि जिसकी कथनी और करनी में कोई फर्क न आए।

"प्यारी बच्ची, मेरे जीवन का उद्देश्य और मेरे द्वारा लड़ी जा रही लड़ाई शायद तुझे बहुत ही देर में बड़ी होने पर समझ आए। शायद तेरी माँ को मैं आज तक नहीं समझा सका कि मेरे जीवन का समय जो उसकी नजरों में भी नष्ट किया जा रहा है, कितने महान् आदर्श की पूर्ति के लिए लगाया जा रहा है। मैं एक ऐसे समाज की रचना के लिए लड़ाई लड़ रहा हूँ जिसमें मानव के गले पड़ी गुलामी की जंजीरें टूटकर

चुकनाचूर हो जाएँ, दबे-कुचले लोगों को इस धरती पर स्वर्ग प्राप्त हो सके। भूख से मर रहे बच्चे, शरीर बेचकर पेट भरती औरतें, खून बेचकर रोटी खाते मजदूर, ऋण की गठरियों तले पिसते किसान, इन सबकी मुक्ति के लिए लड़ाई लड़ी जा रही है जिसमें तेरा पिता अपना विनम्र योगदान कर रहा है।"

चाय का गिलास खत्म हो चुका था। पत्र पढ़ने में तल्लीन रहने पर उसे अन्तिम घूँट का पता ही नहीं चला और तलछट गले से उतरने पर उसने गिलास की तरफ देखा। खाली गिलास मेज पर सरकाकर उसने पत्र पर ध्यान केन्द्रित कर लिया।

आगे लिखा था : "जिस समय तूने जन्म लिया है, पंजाब की धरती साम्प्रदायिक आधार पर बँटी पड़ी है। कहीं इसलिए लोग मारे जा रहे हैं, क्योंकि उनके सिरों पर केश नहीं हैं। उधर इस कारण जिन्दा जलाए जा रहे हैं, क्योंकि उनके सिरों पर केश हैं। धर्म के नाम पर मानवता की हत्या की जा रही है। लोगों को विभाजित करके, खून की होली खेलने में लगाकर, शैतान दूर बैठे हँस रहे हैं। मेरी बच्ची, जहाँ तूने जन्म लिया है, तेरा पिता इन काली ताकतों के खिलाफ संघर्ष में व्यस्त है। काली ताकतें इस धरती से प्रकाश को ओझल कर देना चाहती हैं। रोशनी बाँटने वाले सूर्यों का अन्त करना इनकी साजिश है। मेरी बच्ची, इन साजिशों के विरुद्ध संघर्ष करना; शहादतें देना अत्यन्त आवश्यक है। मैं दावे के साथ नहीं कह सकता कि मैं भी किरनें बाँटता हुआ इनके हाथों शहीद नहीं हो सकता। कुछ भी हो मेरी बच्ची, तुझे हमेशा अपने जीवन में इस बात पर गर्व होगा कि तू एक ऐसे पिता की बेटी है, जिसने इन आँधियों के विरुद्ध लड़ाई लड़ी थी। शायद तेरी जिन्दगी में मैं तुझे वे सुविधाएँ न दे सकूँ और न ही वे जिम्मेदारियाँ पूरी कर सकूँ जो एक पिता को बच्चों के लिए करनी चाहिए, लेकिन मेरे सिद्धान्तों की विरासत तेरे लिए सबसे अनमोल होगी। तू एक ऐसे दीपक से उत्पन्न ज्योति है जिसे प्रकाश बाँटना है। देखना, कहीं ऐसे शैतानों से गुमराह न हो जाना, जो मानवता के लिए झोंपड़ियाँ जला देने की साजिशें रचते हैं। यह युद्ध, मेरे लोगों का यह युद्ध अवश्य जीता जाना है। शायद तुझे वे काले पहर

न ही नसीब हों, जिनमें से अभी मेरे लोग गुजर रहे हैं। बलिदानों के सिर बीज कर हम यहाँ एक ऐसे चमन की रचना कर डालें जिसमें तू आजादी की हवा खा सके। यदि हम इस लड़ाई को जीत न भी सकें तो मेरी बच्ची, तू उस सच के लिए लड़ रहे काफिले की नायक बनने की कोशिश अवश्य करना। मैं कभी नहीं चाहूँगा कि तुम सिख बनो, हिन्दू या मुसलमान। तुम सबसे ऊपर उठकर इन्सान बनने की अवश्य कोशिश करना। देखना, कहीं इन बँटवारों में तुम्हारी इन्सानियत न बँट जाए।

"मेरी प्यारी बच्ची, ये कुछ शब्द लेकर तेरे जन्म पर मैं तुझसे सम्बोधित हुआ हूँ। आशा है स्वीकार करोगी। यह कुछ शब्द तेरी जिन्दगी को बुनियाद हैं, इन पर अपनी जिन्दगी के महल का निर्माण कर लेना।

जन संघर्ष का सिपाही
तेरा पिता
बलदेवसिंह मान
18-9-86"

अविनाश पत्र पढ़कर कायल हो गया। प्रतिक्रियावादी रीति-रिवाजों से शुरू होकर राजनीतिक हालातों का खुलासा करते हुए काली शक्तियों के खिलाफ लड़ी जाने वाली अपनी लड़ाई का साफ खाका उस पत्र से उभरकर आता था। अविनाश ने पत्र के कुछ अंशों को दुबारा पढ़ा और एक प्रेरणा-सी महसूस की। पत्र का एक-एक अक्षर उसे भीतर तक झिझोड़ गया।

अब तक तारनसिंह कारीगर का आवश्यक काम खत्म कर चुका था।

"वाकई बढ़िया चीज है।"

"जमाने ने मारे जवाँ कैसे-कैसे।" कारीगर ने कहा।

"इसे सर्कुलेट करना चाहिए।"

"हाँ, कर रहे हैं।"

बलविन्दर और इन्द्रजीत भी आ गए। दोनों ने अविनाश से हाथ

मिलाया और हाल-चाल पूछा।

"दुनिया-जहान की खाक छानकर तुम्हारे पास आए हैं। इतना भी नहीं होता कि हमें चाय के लिए पूछ लो।" इन्द्रजीत ने तारनसिंह से कहा।

तारन उठने लगा तो बलविन्दर ने रोक दिया और कहा कि वह पहले ही चाय वाले को कह आया है।

"इन्द्रजीत भटिण्डा से आया है। भटिण्डा की धागा मिल के किस्से सुनो तो तुम्हारे रोंगटे खड़े हो जाएँगे।" बलविन्दर ने कोट उतारकर कील पर टाँग दिया, और लोई लपेटते हुए कहा।

"पिछली बार जब मिले थे तब तो अमृतसर में थे।" अविनाश ने पूछा।

"अमृतसर से भटिण्डा जाने का किस्सा भी दिलचस्प है। अमृतसर के रेलवे गोदाम में मुझे किसी काम से जाना पड़ा। जिससे काम था वह वहाँ नहीं था और मुझे थोड़ी देर इन्तजार करनी थी। मैं टहलने लगा। पास ही ट्रक से एक वैगन में गेहूँ की ढुलाई हो रही थी। मैंने गौर से देखा ढोने वाले मजदूरों में एक लड़का बहुत ही मुस्तैदी से काम कर रहा था। मैंने गौर से देखा तो मुझे उसका चेहरा जाना-पहचाना-सा लगा। मैंने उसके दाढ़ी तराशने के ढंग और चेहरे-मोहरे पर थोड़ा जोर दिया तो मुझे उसकी शक्ल लेनिन से मिलती-जुलती नजर आई। जब वह काम से थोड़ा फारिग हुआ तब मैंने उससे कहा, 'तुम्हें पता है तुम्हारी शक्ल लेनिन से मिलती है। इसके बाद मैं उसे बताने वाला था कि लेनिन था कौन। लेकिन जवाब ने मुझे चौंका दिया 'जी हाँ।' "

"अरे!"

"मैं पॉलिटिकल साइंस में एम० ए० हूँ।"

"उसने मेरे अचम्भे को कई-गुना करते हुए जवाब दिया। उसने कहा कि उसे कोई नौकरी मिली नहीं, इसलिए यह काम कर रहा है और यह काम कहीं भी आसानी से मिल जाता है।

"मैंने उससे कहा कि मैं मजदूरों के लिए मजदूरों के बीच काम कर रहा हूँ। उसने कहा कि मजदूरों के लिए असल काम सिर्फ मजदूर और

किसान ही कर सकते हैं, दूसरा कोई नहीं। फिर भी अगर मैं कुछ करना ही चाहता हूँ तो मुझे अमृतसर की बजाय भटिण्डा चले जाना चाहिए, जहाँ धागा मिल के मजदूरों पर खालिस्तानी ट्रेड यूनियन का दबाव लगातार बढ़ रहा है। जहाँ वास्तविक लक्ष्य मजदूर की माँगें नहीं प्रवासी मजदूरों को भगाना बना हुआ है।

"मैंने अपने साथियों से मश्वरा किया तो उन्होंने मुझे बताया कि ऐसी रिपोर्ट पहले से ही उनके पास थी और एक-दो साथी वहाँ के हालात का जायजा लेने की कोशिश कर रहे हैं। मैं भी अगर वहाँ काम करना चाहता हूँ तो जा सकता हूँ।

"जनवरी छियासी में ही वहाँ बलात केसरी झण्डा झुला दिया गया था और वहाँ काम कर रही यूनियन के वर्करों पर लाठीचार्ज करवाकर मजदूर दल की स्थापना का ऐलान कर दिया गया था। नौ महीने के निरन्तर दबाव के बावजूद दो हजार वर्करों में से मुश्किल से सौ वर्कर दल के साथ जा सके। मेहनत की कम मजदूरी दर और कठिन हालातों के कारण मजदूरों की बड़ी गिनती यू० पी०, बिहार से आए हुए मजदूरों की है जबकि प्रबन्धकीय ढाँचे में बड़ी गिनती पंजाबियों की है। उनके द्वारा प्रेरित दल फिरकापरस्ती और 'भेया भयाओं' की आड़ में काम कर रहा है।

"दल के लीडरों ने मिल गेट पर आकर्षक माँगें रखकर हड़ताल का ऐलान कर दिया। उन्होंने बीस प्रतिशत बोनस, तनख्वाहों में पच्चीस प्रतिशत बढ़ोत्तरी, मकान किराया भत्ता आदि माँगें रखीं। दूसरी यूनियन की सिर्फ आठ तैंतीस की बोनस की माँग थी और अगले वर्ष तक मैनेजमेंट के साथ कोई भी आर्थिक माँग नहीं उठाने का लिखित समझौता किया हुआ था।"

"यह तो गलत है…।" अविनाश ने कहा।

"हाँ है तो, लेकिन उनका समझौता था। इस सबके बावजूद मजदूरों ने दल को कोई समर्थन नहीं दिया। अक्तूबर में जब धागा मिल मजदूर यूनियन की ओर से गेट रैली की जा रही थी तो दल के लोग दहशत और दबाव बनाने के लिए जीपों, मोटर-साइकिलों पर सवार होकर हथियारों से लैस वहाँ पहुँच गए, लेकिन उस दिन मजदूरों की बड़ी संख्या अपने

लीडरों को बचा गई ।"

चाय आ गई थी । सब लोगों ने अपने-अपने गिलास ले लिये । यों इस वक्त तक वे सभी बातों में इतना डूब चुके थे कि चाय की बात भूल ही गई थी । इन्द्रजीत ने पुनः कहना शुरू किया; "कुछ दिनों बाद अचानक दल की ओर से ऐलान कर दिया गया । मजदूरों को इस सम्बन्ध में किसी तरह की अग्रिम सूचना तक नहीं दी गई । हड़ताल की सफलता के लिए मिल की ओर जाने वाले रास्तों पर मोटरसाइकिलों पर हथियारबन्द स्क्वैड तैनात किए गए । अमरपुरा बस्ती से आते हुए अढाई-तीन सौ मजदूरों पर वे लोग टूट पड़े । तीन मजदूरों को गम्भीर चोटें आईं और बाकी कुछ लोगों को साधारण चोटें । हमले, मारपीट और धमकियों के इस रवैये से तंग आकर उन मजदूरों ने हड़ताल का विरोध करने का फैसला किया । अगले दिन जब शहर की ओर से मजदूर मिल की तरफ जा रहे थे तो उन पर पुनः हथियारों से हमला किया गया । इस बार उधर से भी इसका जवाब दिया गया ।

"नवम्बर में बस किराये की बढ़ोतरी के खिलाफ जिला कचहरी में सर्वपार्टी धरना रखा गया था । धरने से लौटकर आते हुए दल के लोगों ने घात लगाकर पकड़ लिया । नौ मजदूर राजेन्द्रा कालिज में, दो मजदूर बस स्टैंड के पीछे, एक घर में और दो आई० टी० आई० की ग्राउण्ड में खींच लिए गए और नंगे करके बुरी तरह पीटे गए…।"

"यह तो बहुत शर्मनाक है ।" तारनसिंह के मुँह से निकला ।

"हाँ, इस घटना से इतनी दहशत हुई कि कुछ मजदूर उसी रात गाड़ी पकड़कर यू० पी०, बिहार चले गए । वे लोग सिर्फ प्रवासी मजदूरों को ही तकलीफ पहुँचा रहे हैं, ऐसी बात नहीं है । वे लोग गरीब पंजाबी मजदूर औरतों को भी तंग करते हैं ।"

"इसका पूरा विरोध किया जाना चाहिए ।" अविनाश ने चाय का गिलास रखते हुए कहा ।

"हमें चाहिए कि सभी यूनियनों की बैठक बुलाकर उसमें इन्द्रजीत की रिपोर्ट पर सोच-विचार किया जाए ।"

"यह ठीक रहेगा ।" तारनसिंह ने कहा ।

— —

"मुझे समझ नहीं आ रहा कि आखिर खालिस्तान से मुराद क्या है।" कारीगर ने सारे गिलास कोने में रखते हुए कहा।

"कुछ नहीं, यह सिर्फ साम्राज्यवादियों की मंशा है।" तारनसिंह ने कहा, "वही लोग इसे पूरी तरह फोकस कर रहे हैं।"

"सिखों का दिल जीतने और घाव भरने के लिए कुछ साहसिक कदम उठाए जाने चाहिए थे, लेकिन सरकार ने इस ओर उचित ध्यान नहीं दिया।" अविनाश ने कहा।

"कोई सियासी लीडर इस रोग का निदान करने के लिए आगे क्यों नहीं आता।" कारीगर ने कहा।

"हालात बहुत पेचीदा हैं। सियासत के इस खेल में केन्द्र के वचनों का एतबार नहीं रहा। आतंकवादियों और सुरक्षा दलों की बन्दूकों के बीच लोकतन्त्र का कुछ बचा नहीं। हरित क्रान्ति के फलों से अब सडाँध आने लगी है। आतंकवाद को अप्रासंगिक करने के लिए अकाली पार्टी की कोई गम्भीर कोशिश लगती नहीं।···अच्छा, जरा बताओ तो कि मुनि सुशीलकुमार और दर्शनसिंह रागी की कोशिशों का क्या हुआ··· कुछ भी नहीं न।" तारनसिंह ने दाढ़ी में उँगलियाँ फिराते हुए कहा।

"तुम लोग दो-चार बैठकें करके चुप क्यों हो जाते हैं ?" कारीगर ने अगला सवाल किया।

"वास्तविकता यह है कि गलत बात जल्दी जोर पकड़ जाती है और सही बात को पहुँचने में देर लगती है।" तारनसिंह ने जवाब दिया।

"हम लोग अपनी लड़ाई लगातार नहीं लड़ रहे।" इन्द्रजीत ने कहा।

"क्यों न हम सभी शहरों में रैलियाँ निकालें।" बलविन्दर ने सुझाव दिया। "यही ठीक रहेगा।" तारनसिंह ने कहा।

"आप लोग डेट दे दें, हम तैयारियाँ शुरू कर दें।" अविनाश ने कहा।

डेट तय हो जाने पर अविनाश उत्साह के साथ वहाँ से निकल पड़ा। लौटते हुए भी मंगल भाई और सन्तोष भाभी के चेहरे उसकी स्मृति को घायल कर रहे थे। सबसे ज्यादा दुःख उसे इस बात का था कि भाभी को जब गोलियाँ लगीं तब वे एक बच्चे को जन्म देने की आस में थीं।··· वह बहुत ज्यादा काम में डूबा रहना चाहता था। इतना कि कुछ भी याद न रहे। काम में ही उसे राहत मिलती थी।

बारह

हरदीप के आँसुओं का समन्दर अब सूख चुका है।

आँखों में अब कोई चीज लाट की तरह जल रही है।

यह वह चीज है जो हजारों मुश्किलों के बाद भी जिन्दगी और जिन्दगी को अर्थ देने की ख्वाहिशों का दम भरती है।

कुछ दिन पहले वह एक बार कटी हुई लता की तरह नीचे जा गिरी थी। एक थकी-हारी जवान लड़की। चुके हुए हौसले और परास्त बोझिल मन। जिन्दगी का सब कुछ हाथों से बाहर की तरफ फिसलता हुआ।

जब उसने ख़बर सुनी थी, उसे नहीं लगता था कि वह जी पाएगी। यह तो इन्तहा थी।

खबर थी कि अविनाश को गोली मार दी गई।

खबर नहीं थी जलजला था। हरदीप की जिन्दगी का सबसे भयंकर तूफान। इसी तूफान में वह कटी लतर की तरह जा गिरी। अविनाश लोगों ने आतंकवाद के खिलाफ पर्चा निकाला था। पहले अंक के विचारोत्तेजक लेखों का अच्छा स्वागत हुआ था। लेकिन धार्मिक उन्माद के नाम पर शोले उठा देने वाले हलके में तीव्र प्रतिक्रिया भी हुई।

दूसरा अंक निकालने के लिए पास के किसी गाँव में मीटिंग थी। अविनाश और सुरजन शाम को पहुँच गए। डा० मीता को अगले दिन आना था। अविनाश और सुरजन सुबह नहाने के लिए ट्यूबवैल की ओर जा रहे थे। थोड़े ही फासले से गोलियाँ चलनी शुरू हो गईं। सुरजन ने पहले देखा। उसने अविनाश को बचाने की कोशिश की। उसे गोलियों से छलनी कर दिया गया। जैसे मशीन की सुई से कपड़ा सिलता है। अविनाश को तीन गोलियाँ लगीं। पास के खेत से पानी काटते भैये ने

शोर मचाया। वारदात करने वाले निकलकर भागने में सफल रहे।

अविनाश को ट्रैक्टर से अस्पताल ले जाया गया। वही अस्पताल जाने के काबिल था। मुहब्बत का घायल सुरजनसिंह वहीं दम तोड़ चुका था।

अस्पताल में अविनाश का आपरेशन शुरू हुआ, लेकिन थोड़ी देर बाद ही 'डेड' घोषित कर दिया गया।

डा० मीता हरदीप से मिलने उसके घर आयीं। तारनसिंह का कहना था कि अविनाश की किताबों और डायरी वगैरह पर पहला हक हरदीप का बनता है। यदि वह इसे सँभालने से इन्कार कर दे या सँभालने में किसी कारण से असमर्थ हो, तब दूसरा कोई विकल्प सोचा जाए। बाकी सामान अविनाश के घर के लोग ले गए थे। किताबें और डायरी वगैरह तारनसिंह को दे गए थे।

अविनाश की बातें छिड़ने पर डा० मीता ने पूछा कि क्या हरदीप जानती थी कि अविनाश एक किडनी पहले ही किसी आपरेशन में निकलवा चुके हैं या दे चुके हैं। हरदीप टुकुर-टुकुर देखती रही।

डा० मीता ने बताया कि उन्हें यह ऑपरेशन के दिन ही पता चला कि अगर उनकी दूसरी किडनी होती तो शायद वे बच सकते थे। सिर्फ एक ही गोली भीतर तक उतर गई थी, कन्धे और टाँग वाली गोलियाँ तो निकाली जा चुकी थीं। हरदीप की चीख मुश्किल से रुकी। लेकिन लगा कि दिल के अभी टुकड़े-टुकड़े हो जाएँगे।

हरदीप पीछे देखती थी तो बहुत परास्त हो जाती थी। पीछे जख्म ही जख्म थे। सन्ध्या के पापा गए···सन्तोष भाभी और मंगल भाई का चेहरा उसकी आँखों से नहीं उतरा था। अविनाश की कालोनी की आंटी गईं···हरपाल एक कभी न भरे जाने वाला जख्म दे गया और अविनाश की मृत्यु समाज और समय के चेहरे पर गहरे दाग की तरह चमक रही थी।···पीछे देखे बिना रहा भी नहीं जाता···हमारे कुओं की आवाजें हमारा पीछा नहीं छोड़तीं।

लेकिन जिन्दगी के नक्श सँवारने के लिए आगे देखना जरूरी था। 'चलो उठो हरदीप। और लड़ो तमाम विरोधों से'। यह आवाज भी भीतर से बार-बार उठ रही थी। जैसे यह आवाज अविनाश की ही हो।

आज हरदीप की आँखों में एक चीज लाट की तरह जल रही थी। …उसे अभी अविनाश की किताबें और डायरी वगैरह लाने के लिए जाना था और तारनसिंह तथा दूसरे साथियों के सामने आहिस्ता-आहिस्ता यह योग्यता भी साबित करनी थी कि उसका नाम उस टीम में रखा जा सके, जो उस पत्रिका का संपादन कर रही है, जिसका पहला अंक अविनाश और सुरजनसिंह ने निकाला था। ●●●